AF759443

''मैंने भैयाजी से पूछा–
आपकी 'पदलिप्सा' की भूख,
शांत होती दिखाई नहीं देती है।
इस मोहक वातावरण में भी,
आपको 'अंतर आत्मा' की
मधुर आवाज़ सुनाई नहीं देती है?''
भैयाजी झिझककर बोले–
'अंतर आत्मा' की आवाज़,
मन को विचलित करती है,
कहर ढाती है।
छल, कपट, प्रपंच-प्रसंग,
याद कर, जी घबराता है,
सारी सारी रात, नींद नहीं आती है।
इसी कारण हम जैसे लोग,
'अंतर आत्मा' आवाज़ को,
'पदलिप्सा' के शब्द भार से ढँकते हैं।
कुटिल राजनीति करते रहें,
इसलिए 'आत्मा' शब्द से,
सुरक्षित 'अंतर' बनाए रखते हैं!!''

–मधुप पांडेय

मधुप जी (प्रथम)

(हास्य और व्यंग्य : मधुप पांडेय के संग)

रचनाकार :

मधुप पांडेय

सम्पादक :

डॉ. प्रवीण शुक्ल

डायमंड बुक्स

प्रकाशक : डायमंड पॉकेट बुक्स (प्रा.) लि.
X-30 ओखला इंडस्ट्रियल एरिया, फेज-II
नई दिल्ली-110020
फोन : 011-40712200
ई-मेल : sales@dpb.in
वेबसाइट : www.diamondbook.in
मुद्रक : रेप्रो (इंडिया)

Madhup Ji (Pratham) : (Hasya Aur Vyangya Madhup Pandey Ke Sang)
Ed By: Dr. Praveen Shukla

समर्पण

मेरे घनिष्ठ आत्मीय यशस्वी संपादक
श्री विनोद जी माहेश्वरी को सादर समर्पित,
जिन्होंने 'मधुपजी' सृजन की संकल्पना प्रस्तुत की।
प्रस्तुत ही नहीं की, उसे साकार करने में संपूर्ण सहयोग भी दिया।
साथ ही, अपने स्नेहिल संस्पर्श से मेरी लेखनी को निरंतर
गतिशील एवं ऊर्जावान बनाए रखा।
मेरे प्रति उनके विशिष्ट अपनत्व भाव के लिए 'आभार' शब्द बौना लगता है
परंतु कृतज्ञता ज्ञापन मैं अपना कर्तव्य समझता हूँ।

—मधुप पांडेय

साहित्य की धरोहर और अपने समय का दस्तावेज़ हैं मधुप जी की कविताएँ

मधुप पांडेय एक ऐसे कवि हैं जिन्हें समय, काल और परिस्थितियों का भी ज्ञान है और मानवीय मनोविज्ञान का भी। उनकी कविताएँ पढ़ते समय पाठकों को यह महसूस होता है की वह अपने समय के साथ एक प्रत्यक्ष संवाद कर रहे हैं। वह संवाद मन को विषाद और निराशा की दिशा में नहीं ले जाता बल्कि एक मुस्कुराहट के साथ पाठक के मन मस्तिष्क में नवीन ऊर्जा का संचार कर देता है। मधुप जी की कविताओं की सबसे बड़ी विशेषता यह है कि उनमें कहीं भी व्यक्ति विशेष का विरोध दिखाई नहीं देता बल्कि वह एक जागरूक रचनाकार का दायित्व निभाते हुए प्रवृतिगत विसंगतियों पर प्रहार करते हैं। उनकी कविताओं में अनेक स्थानों पर हास्यरस का परिपाक तो होता है लेकिन वह किसी को भी उपहास का विषय नहीं बनाते। उनके व्यंग्य का उद्देश्य समस्या पैदा करना नहीं है अपितु समस्या को समाधान के विराम बिन्दु तक पहुँचाना है। इस संकलन में प्रकाशित उनकी कविताएँ हमारे साहित्य की धरोहर तो हैं ही साथ ही साथ अपने समय का दस्तावेज़ भी है।

आज का दौर विसंगतियों का दौर है। यह ऐसा समय है, जिसमें लोगों की कथनी और करनी में लगातार अंतर बढ़ता जा रहा है। इस अंतर ने समाज में विद्रूपताओं को जन्म दिया है। इन विद्रूपताओं ने हमारे सामाजिक ढाँचे को पूरी तरह बदल दिया है। वक़्त के साथ-साथ हमारी मान्यताएँ भी बहुत तेजी के साथ बदलती जा रही हैं। वक़्त की नब्ज़ को पकड़कर, समय के साथ बहुत तेज़ी से परिवर्तित हो रहे समाज को अपने भीतर अंगीकार करके, विभिन्न सामाजिक विद्रूपताओं को सहज और सरल बनाकर, मुस्कुराहट के साथ सलीके से प्रस्तुत करने वाले कवि का नाम मधुप पांडेय है। मधुप जी अपनी कविताओं के माध्यम से समस्याओं को केवल प्रस्तुत ही नहीं करते वरन् समाधान के बिन्दु पर ले जाकर छोड़ते हैं। हिन्दी हास्य-व्यंग्य के क्षेत्र में मधुप पांडेय की उपस्थिति का एक ख़ास मतलब होता है। यह मतलब इसलिए ख़ास हो जाता है क्योंकि वह हिन्दी हास्य-व्यंग्य की परम्परा को भली-भाँति जानने वाले, एक पढ़े-लिखे और संवेदनशील रचनाकार हैं। उनकी कविताओं को सुनते समय जिस आनन्द की अनुभूति होती है, वही आनन्द उनकी कविताओं को पढ़ते समय भी आता है।

उनकी कविताओं में जीवन के विभिन्न इन्द्रधनुषी रंगों का लेखा-जोखा है। लोक हृदय और मानव स्वभाव के विभिन्न संवेगों की मानवीय अभिव्यक्ति है। जीवन के साथ उनका गहरा रागात्मक संबंध उनकी कविताओं में विभिन्न रूपों में प्रकट होता है। मुझे लगता है कि मधुप जी इस कार्य को इसलिए महत्त्वपूर्ण तरीके से कर पाएँ हैं क्योंकि उन्होंने अपने जीवन को पूरी शिद्दत के साथ जिया है। साहित्य जीवन का अनुवाद है और अनुवाद वही कर सकता है जो रचना के मूल रूप से भली-भाँति परिचित हो।

मधुप जी के इस संग्रह की कविताओं से गुज़रते समय आप महसूस करेंगे कि उन्होंने अपनी कविताओं में शब्दों की फिजूलखर्ची नहीं की है। उन्होंने अपनी कविताओं को एक विशेष रचना प्रक्रिया से गुज़रते हुए लिखा है। उन्हें अपनी कविता के माध्यम से जो कहना है वह उस विचार से सम्बंधित विषय-वस्तु को पहले अपने मस्तिष्क में बिठाते हैं और फिर जिस प्रकार कोई अचूक निशानेबाज अपने 'टारगेट' पर निशाना साध देता है, उसी प्रकार अपनी कविताओं के शिल्प द्वारा, विषय वस्तु को उत्कृष्टता के शिखर पर ले जाकर उसकी प्रस्तावना प्रस्तुत कर देते हैं।

मधुप पांडेय अपनी हास्य-व्यंग्य प्रधान रचनाओं के द्वारा विगत 50 वर्षों से करोड़ों श्रोताओं और पाठकों के जीवन को एक नयी दिशा प्रदान कर चुके हैं। उनकी रचनाएँ किसी न किसी उद्देश्य को सामने रखकर प्रस्तुत की गई हैं। आम-आदमी आज भी अनेक समस्याओं से जूझ रहा है, वह जो कुछ भी महसूस करता है, उसे प्रस्तुत करने की कला उसमें नहीं होती। इसलिए वह आम बनकर रह जाता है। कवि उन मनोभावनाओं को अपने शब्द चित्रों के द्वारा एक नवीन रूप प्रदान करने की शक्ति रखता है, इसलिए वह खास बन जाता है। मानवीय संवेदनाओं को पहचानने का यही गुण मधुप पांडेय को भी खास बना देता है। उनके इस कवि रूप की खासियत यह है कि वह जब अपनी बात हास्य-व्यंग्य के माध्यम से प्रस्तुत करते हैं, तब भी उसमें एक गंभीरता रहती है, चिंतन का पुट रहता है और वह दूरदृष्टि समाहित रहती है, जो हमारे समाज को परस्पर जोड़ने का कार्य करती है। मधुप जी अपनी कविताओं में विभिन्न चरित्रों के माध्यम से पारस्परिक संवाद करवाते हुए जीवन की जटिल स्थितियों को भी सहज, सरल और मनोरंजक बनाकर प्रस्तुत कर देते हैं, जिसके कारण ऐसा लगता है कि जीवन को तीखा करने वाले सैंकड़ों मिर्चियाँ अचानक मीठी हो गई हैं।

इस समय भारतीय समाज का सबसे त्रस्त वर्ग, मध्यम वर्ग है। इस वर्ग में समाज का वह तबका शामिल है, जिसे अपनी अस्मिता बचाए रखने के लिए निरन्तर समस्याओं से जूझना पड़ता है। मधुप पांडेय ने इस वर्ग की समस्याओं

को बहुत नज़दीकी से महसूस किया है। इसलिए उनकी कविताओं में चाहे वह किसी भी रस में लिखी गई हों, भारतीय मिट्टी की सौंधी गंध हमेशा महकती रहती है।

आज के दौर में हास्य-व्यंग्य की कविता लिखना बहुत ही मुश्किल कार्य है। हास्य-व्यंग्य के कवि को एक साथ कई निशानों का सामना करना पड़ता है। एक तरफ तो उसके सामने उस मीडिया की चुनौती है, जो श्रोता और दर्शकों की मानसिकता को निरंतर विकृत कर रहा है। आम जन-मानस का ध्यान उन विषयों की ओर आकर्षित कर रहा है जो शालीनता के दायरे से बाहर है। दूसरी चुनौती उन तथाकथित बुद्धिजीवियों की है जो स्वयं तो हास्य-रस की एक कविता नहीं लिख सकते लेकिन हास्य-व्यंग्य कवि और उसकी कविता, उनके लिए सदा हाशिए पर रहे हैं। तीसरी चुनौती मंच के वे रचनाकार हैं जो या तो शिष्ट हास्य की परंपराओं से पूरी तरह परिचित नहीं है या फिर सब कुछ जानते हुए भी धन के लालच में किसी भी सीमा तक गिरने को तैयार है। इन स्थितियों में एक शालीन रचनाकार का कार्य तलवार की धार पर चलने के बराबर है। यदि वो थोड़ा भी इधर-उधर होता है तो उस पर लगातार लांछित होने का खतरा मंडराता रहता है। इन सब विषम स्थितियों के बावजूद मधुप पांडेय वह रचनाकार हैं, जिन्होंने अपनी पचास वर्षों की काव्य-साधना में इस तलवार की धार पर हमेशा अपना संतुलन बनाए रखा है। उन्होंने अपने इस संतुलन के द्वारा देश के अनेक युवा कवियों के सम्मुख उदाहरण भी प्रस्तुत किया है। मधुप जी को जीवन साधने की यह कला किन परिस्थितियों ने प्रदान की इसे जानने के लिए उनके जीवन को जानना बहुत ही आवश्यक है। रचनाकार अपने जीवन में जो कुछ भी अनुभव प्राप्त करता है, कविता उन सबका अनुवाद ही तो है। साहिर लुधियानवी जी ने एक स्थान पर लिखा है–

दुनिया ने तज्रुबातों हवादिस की शक्ल में
जो कुछ मुझे दिया है वो लौटा रहा हूँ मैं

मधुप पांडेय का जन्म 1941 में महाराष्ट्र के अमरावती ज़िले के परतवाड़ा नामक शहर में हुआ। जैसा कि प्रायः अनेक बड़े रचनाकारों के साथ होता रहा है कि उनकी काव्य-प्रतिभा अनायाश ही बचपन के दिनों में प्रस्फुटित होने लगती है, वैसा ही मधुप पांडेय जी के साथ भी हुआ। उनके काव्य-लेखन की शुरूआत उस समय हो गई थी जब वह मिडिल स्कूल में पढ़ रहे थे। उन्हें नहीं पता था कि वह किस तरह की कविताएँ लिख रहे हैं। हाँ, इतना ज़रूर था कि माँ सरस्वती के आशीर्वाद से शब्दों ने विभिन्न भावनाओं का रूप लेकर उनके मन-मस्तिष्क में अपनी इंद्रधनुषी छटा बिखेरनी शुरू कर दी थी। मधुप जी बताते हैं कि उस समय

'कामर्स' का वातावरण था। वर्धा में कामर्स का एकमात्र कॉलिज था। लेकिन मेरे लिए विपरीत स्थिति यह थी कि मेरा मन तो कविताओं में रमने लगा था। उस समय पर कोई भी यह कल्पना नहीं कर सकता था कि कविताओं से पैसा मिलेगा या कोई व्यक्ति कविताओं को साध्य बनाकर जीवन यापन कर सकता है। उस समय, मैं भी इस बात को स्वीकार करता था। उन्होंने वर्धा से बी.कॉम. और फिर नागपुर से एम.कॉम. और फिर हिन्दी में एम.ए. भी किया। उसी समय से उनके मन में प्रोफेसरी करने का संकल्प जाग्रत होना शुरू हो गया था। फिर अचानक उनकी ज़िन्दगी में एक महत्त्वपूर्ण मोड़ आया उनकी नियुक्ति 'एजुकेशन ऑफिसर' के रूप में हो गई और पोस्टिंग महाराष्ट्र के ही औरंगाबाद शहर में कर दी गई। ज़िन्दगी एक ऑफ़िस कर्मचारी के ढर्रे पर चल पड़ी। कविता से सम्बंधित सारा मामला और मानसिकता बिगड़नी शुरू हो गई। आसपास के वातावरण के साथ सामंजस्य बिठाना बहुत ही मुश्किल हो गया। यह स्थिति उनके मन के लिए बहुत ही कष्टप्रद थी। समस्या यह थी कि विभाग ने नियुक्ति पत्र देते समय दस हज़ार रुपए का 'बाण्ड' भरवा लिया था। जिसमें शर्त यह थी कि कम से कम तीन वर्ष तक तो नौकरी करनी ही पड़ेगी। यह सन 1968 की बात है उस समय पर एक बेरोजगार नौजवान के लिए दस हज़ार का क्या महत्त्व हो सकता था आप इसका अंदाज़ा लगा ही सकते है। एक तरफ मन, दूसरी तरफ धन। लेकिन मधुप जी ने जीवन में कभी समझौता करना स्वीकार ही नहीं किया और जो भी किया उसे अपने मन की आवाज़ पर ही किया। उन्होंने अपने मन की आवाज़ सुनी और उस नौकरी को छोड़कर पुनः शिक्षा के क्षेत्र में आने का निर्णय लिया।

समय बहुत ही बलवान होता है। अनेक बार व्यक्ति की ज़िन्दगी में ऐसी स्थितियाँ पैदा हो जाती हैं, जब उसके लिए ईश्वरीय शक्तियाँ काम करना शुरू कर देती हैं। मधुप जी की ज़िन्दगी में भी उस समय ऐसा ही हुआ। अचानक ही 'जी.एस. कॉलेज ऑफ कामर्स एण्ड इक्नोमिक्स' में एक ऐसे अध्यापक की नियुक्ति की ज़रूरत आ गई जो छात्रों को हिन्दी और कामर्स एक साथ पढ़ा सके। इसके लिए वह पूर्णतः उपयुक्त थे। क्योंकि उन्होंने एम.कॉम. के साथ पहले से ही हिन्दी में एम.ए. भी किया हुआ था। वह बताते हैं कि शुरू में नौकरी भी पक्की नहीं थी और उधर मैं 'एजुकेशन ऑफिसर' की एक अच्छी-खासी नौकरी छोड़कर आ रहा था। मानसिकता बहुत ही विपरीत थी। ऐसी स्थितियों में उनकी अर्धांगिनी श्रीमती मधुलिका जी के सहयोग ने उन्हें भरपूर सम्बल प्रदान किया। वह कहते हैं कि मेरा अनुभव है कि अपनी ज़िन्दगी में आप ज्ञान के रूप में जो कुछ भी प्राप्त करते हैं वह कभी भी व्यर्थ नहीं जाता है। हिन्दी और कामर्स दोनों

की पढ़ाई एक साथ मेरे काम आई। फिर कुछ समय बाद मैं हिन्दी अध्यापन को छोड़कर पूरी तरह से 'कामर्स' के क्षेत्र में आ गया।

मधुप पांडेय जी ने 25 वर्ष की आयु से मंचों पर सक्रिय भागीदारी शुरू की। यह वह समय था जब मंचों पर हिन्दी गीत छाए हुए थे। उस समय पर सर्वश्री शैल चतुर्वेदी, माणिक वर्मा और सुरेश उपाध्याय आदि भी गीत लिख रहे थे। मधुप जी ने भी प्रारम्भ में एक गीतकार के रूप में ही अपने लेखन को विस्तार दिया। फिर धीरे-धीरे सामाजिक व्यवस्थाओं का स्वरूप बिगड़ा, जिसने विभिन्न सामाजिक विसंगतियों को जन्म दिया। इन विसंगतियों का प्रभाव तत्कालीन रचनाकारों की रचनाओं पर भी पड़ा। जिसके कारण गीत का स्थान हास्य-व्यंग्य ने लेना शुरू कर दिया। मधुप जी बताते हैं कि हास्य व्यंग्य के इस तेवर ने सबसे पहले गीतों को ही प्रभावित किया। गीतों में हास्य व्यंग्य का पुट आना शुरू हुआ। फिर धीरे-धीरे हास्य व्यंग्य अपनी एक अलग पहचान स्थापित करके मंच की ज़रूरत बनता चला गया।

मधुप पांडेय एक ऐसे रचनाकार है जिन्होंने अपने जीवन और अपने द्वारा संयोजित किए जाने वाले समारोह को बहुत सलीके के साथ संपादित किया। आज भी जब देश में सबसे अधिक सुव्यवस्थित संयोजकों के बारे में चर्चा चलती है तो उनमें मधुप पांडेय का नाम सर्वोपरि आता है। मधुप पांडेय जी की ख्याति आज एक श्रेष्ठ संचालक के रूप में पूरी दुनिया में फैली हुई है। वह कहते हैं कि मैंने कभी भी यह नहीं सोचा था कि मुझे एक संचालक के रूप में इस प्रकार मान्यता मिलेगी। उस समय पर जो गोष्ठियाँ होती थी उनमें कॉलेज के प्रिंसिपल या फिर किसी प्रोफेसर को अध्यक्ष और साथ-ही-साथ कार्यक्रम का संचालक भी बना दिया जाता था। वह अपनी जानकारी के आधार पर ही कार्यक्रम का संचालन करता था। एक बार एक कार्यक्रम ऐसा हुआ जिसमें भारत भूषण जी, सोमजी, नीरज जी और देवराज दिनेश जी आमंत्रित किए गए थे। संचालक ने मंच पर ही उनसे पूछना शुरू कर दिया आप कौन है? क्या करते हैं? कहाँ से आए हैं? आदि-आदि। उनके इस संचालकीय तेवर से कवि घबरा गए और मजबूरी में मुझे (मधुप जी) संचालन शुरू करना पड़ा। उसका कुछ ऐसा प्रभाव पड़ा कि धीरे-धीरे पूरे क्षेत्र में उनकी पहचान एक संचालक के रूप में हो गई। श्रोताओं को उनकी भाषा, उसका प्रवाह और प्रस्तुतिकरण बहुत रोचक लगा। जिसके परिणाम स्वरूप उन्हें एक सफल संचालक और श्रेष्ठ संयोजक के रूप में मान्यता मिल गई। मधुप जी कहते हैं कि इस प्रकार की मान्यता को हासिल करना और फिर उसे निरन्तर निभाना, एक बहुत ही मुश्किल कार्य है। संचालक और संयोजक की ऊर्जा का एक बड़ा भाग कार्यक्रम को संयोजित करने में ही खर्च हो जाता है।

उसे कवियों और आयोजकों के बीच सामंजस्य स्थापित करने के लिए शारीरिक और मानसिक स्तर पर बहुत श्रम करना पड़ता है। लेकिन यदि संयोजक की निष्ठा कविता की शाश्वत धारा की स्थापना के प्रति सकारात्मक है तो फिर सभी समस्याओं को हल करने के रास्ते भी अपने आप ही निकल आते हैं।

मुझे लगता है कि यदि शोध किया जाए तो यह सिद्ध हो सकता है कि मधुप पांडेय विश्व के अकेले ऐसे कवि है जिन्होंने 45 वर्षों तक राष्ट्रीय समाचार-पत्रों में निरन्तर कविता का 'कॉलम' लिखा है। वह बताते है कि शुरू में तो मैंने इसे लिखना स्वीकार ही नहीं किया था क्योंकि मुझे लगता था कि जीवन की इतनी व्यस्तताओं के साथ कॉलम लिखना बहुत ही कठिन है। लेकिन बाद में मेरे परम आत्मीय नवभारत के प्रबंध सम्पादक श्री विनोद जी माहेश्वरी ने मुझसे कहा कि आपके भीतर अपार संभावनाएँ है। माँ सरस्वती की आप पर विशेष कृपा है यदि आप संकल्प कर लेंगे तो कुछ भी असंभव नहीं रहेगा। आप एक बार कोशिश तो करके देखिए। उनकी इस कोशिश का परिणाम यह हुआ कि जो क्रम 1975 से शुरू हुआ था वो आज तक निरन्तर जारी है।

मधुप पांडेय जी को हिन्दी हास्य-व्यंग्य के क्षेत्र में अद्वितीय कार्य करने के लिए अनेक प्रतिष्ठित सम्मानों से विभूषित किया जा चुका है। जिनमें 'काका हाथरसी पुरस्कार', 'साहित्य रत्न सम्मान' और 'हिन्दी गौरव पुरस्कार' प्रमुख है। मधुप जी 'महाराष्ट्र साहित्य अकादमी' के सदस्य के रूप में चार बार अपना कार्यकाल पूरा कर चुके हैं। वह हिन्दी सलाहकार समिति के भी सदस्य रहे हैं तथा यू.के. और मारीशस में आयोजित किए जाने वाले विश्व हिन्दी सम्मेलन में भी सहभागिता कर चुके हैं। उन्होंने देश के सर्वाधिक प्रतिष्ठित 'गणतंत्र दिवस कवि-सम्मेलन' जोकि देश की राजधानी दिल्ली के लालकिला में आयोजित किया जाता है, अनेक बार काव्य-पाठ किया है। अपने समय में देश की सर्वाधिक प्रतिष्ठित और लोकप्रिय पत्रिकाओं धर्मयुग, माधुरी, साप्ताहिक हिन्दुस्तान, नवनीत और ज्ञानोदय में उनकी कविताएँ समय-समय पर प्रकाशित होती रही हैं। भारत के राष्ट्रपति महामहिम डॉ. शंकरदयाल शर्मा ने मधुप जी को उनकी 'माँ' शीर्षक से लिखी गई प्रसिद्ध कविता को सुनने के लिए उन्हें राष्ट्रपति भवन में विशेष रूप से आमंत्रित किया और 'साहित्य श्री' के अलंकरण से विभूषित किया।

मधुप जी अपने हर कार्य को बहुत ही योजनाबद्ध तरीके से और एक मिशन के रूप में पूर्ण करने के लिए तत्पर रहते हैं। अपूर्णता न उन्हें कविता में बर्दाशत है और न अपने जीवन में। अपने कार्यों को एक टाईम मैंनेजमेंट के साथ व्यवस्थित करना और उसे समय रहते हुए पूर्ण कर लेना उनकी जीवनचर्या

का हिस्सा है। वह जो भी कार्य करते हैं उसे पूरे मन के साथ करते हैं। एक ही जीवन में, अनेक जीवन का कार्य करने की पद्धति उन्होंने अपनी साधना के बल पर विकसित की है। उनका कहना है कि किसी सफल व्यक्ति के जीवन में 'टाईम मैनेजमेंट' बहुत ही ज़रूरी है। मैंने अपनी कार्य-शैली में इसका बहुत ही जागरूकता के साथ पालन किया। जब मैं कवि-सम्मेलन की यात्रा पर अन्य कवियों के साथ निकलता था, उस समय पर कवि मित्र दूसरों की निंदा-स्तुति में संलग्न रहते थे और मैं अख़बार के लिए कॉलम लिखता था। आयोजन स्थल पर पहुँचकर सबसे पहले यह देखता था कि मेरी टीम के सदस्यों की आवास व्यवस्था ठीक है या नहीं। कार्यक्रम शुरू होने से पहले मंच की व्यवस्था देखना, कवियों के काव्य-पाठ का क्रम निर्धारित करना आदि मेरी कार्यशैली के आवश्यक अंग रहे हैं। मुझे लगता है कि एक सफल संयोजक को कार्यक्रम से संबंधित हर पहलू पर विचार करना चाहिए। मधुप पांडेय का मानना है कि कवि सम्मेलन को एक स्तर प्रदान करने के लिए सर्वाधिक दारोमदार उसके संयोजक पर होता है। यदि संयोजक कवि सम्मेलन की टीम बनाने से पहले ही यह निर्धारित कर ले कि वह अपने आयोजन में केवल उन कवियों को आमंत्रित करेगा जो अपने व्यक्तित्व और कृतित्व से शिष्टता और शालीनता की नई परिभाषाएँ गढ़ते हैं और कवियों को पहले ही इंगित कर देगा कि हम एक सभ्य समाज के बीच स्वस्थ मनोरंजन प्रस्तुत करना चाहते हैं तो फिर कार्यक्रम में किसी भी प्रकार की अव्यवस्था उत्पन्न नहीं हो सकती। महाराष्ट्र और छत्तीसगढ़ के कार्यक्रमों की श्रृंखला बनाने की शुरूआत भी मधुप पांडेय के द्वारा ही की गई। ऐसा करने से एक तरफ तो वह कम छुट्टियों में अधिक कार्यक्रम संयोजित कर लेते थे और दूसरी तरफ आयोजकों और कवियों को भी अधिक आर्थिक लाभ होता था।

नई पीढ़ी के रचनाकारों के संदर्भ में उनका कहना है कि हमारे देश की नई पीढ़ी बहुत ही ऊर्जावान है। लेकिन उसे और अधिक अध्ययन, मनन और चिंतन की ज़रूरत है। निरन्तर सृजन किए बिना कोई भी रचनाकार इस क्षेत्र में अधिक समय तक नहीं टिक सकता। वह बताते है कि मेरे सामने ऐसे अनेक लोग आए जो पाँच वर्ष में ही मंच से समाप्त हो गए। लेकिन जिन्होंने निरन्तर सीखने की प्रक्रिया को जारी रखा उनकी मान्यता एक स्थापित रचनाकार के रूप में भी हुई।

मैंने महसूस किया है कि मधुप पांडेय ने अपने जीवन में केवल प्रसिद्धि ही हासिल नहीं की वरन् अपनी लेखनी के द्वारा प्रतिष्ठा भी अर्जित की। उन्हें अचानक पहचानने वाले उनके प्रशंसकों की आँखों में उन्हें देखने के बाद एक आश्चर्य मिश्रित उत्साह तो पैदा होता ही है साथ-साथ उनके हृदय में उत्पन्न होने

वाली श्रद्धा का भी दिग्दर्शन होता है। यह मधुप जी की शब्द के प्रति निरंतर निष्ठा और मंच और कविता के प्रति समर्पण का ही परिणाम है। मधुप जी अपने संयोजन में होने वाले कार्यक्रमों में अनुशासन पर भरपूर जोर देते हैं। वह मंच पर उपस्थित तमाम कवियों को पहले ही निर्देशित कर देते हैं कि कोई भी कवि अपनी कविता पढ़ने के बाद अनावश्यक रूप से मंच छोड़कर नहीं जाएगा। उनका मानना है कि कवि का काम केवल कविता पढ़ने के बाद ही समाप्त नहीं हो जाता, दूसरे कवियों की कविता को सुनना, उन्हें समर्थन देना और कार्यक्रम में अंतिम समय तक सहभागिता बनाए रखना भी कवि-सम्मेलन का अनिवार्य अंग है।

इन सब तथ्यों को जानने के बाद आप स्वयं महसूस कर रहे होंगे की जीवन के प्रति गहरे सरोकार, भाषा के प्रति समर्पण, भावनाओं के प्रति संवेदनशीलता, निरन्तर कार्य करने की धुन, सृजन के प्रति जागरूकता और सकारात्मक दृष्टिकोण के एक अद्‌भुत सामंजस्य का नाम मधुप पांडेय है। उनके जीवन, उनकी कार्यशैली और समाज के प्रति उनके दृष्टिकोण को समझने के बाद आपका उनसे भली-भाँति परिचय हो गया होगा। आईए, अब उनकी कविताओं से भी परिचय करें और जाने कि एक विश्व स्तर के लोकप्रिय और प्रतिष्ठित हास्य व्यंग्य कवि ने उन्हें किन मनोभावनाओं के साथ प्रस्तुत किया है। मधुप पांडेय की कविताओं में फूलों की महक भी है और काँटों की चुभन भी। लेकिन ये चुभन किसी ऐसे काँटे की नहीं है जो किसी बेकसूर के पाँवों को घायल कर दे बल्कि ये वो काँटा है, जिससे आप अपने पाँवों में चुभे दूसरे काँटों को निकाल सकते हैं। समाज उनकी कविताओं की प्रयोगशाला है। उनके कवि मन की कोमल कल्पनाएँ जब यथार्थ की पथरीली ज़मीन से टकराती हैं तो तीक्ष्ण व्यंग्य की व्युत्पत्ति अचानक ही हो जाती है। जिन सामाजिक रूढ़ियों, आर्थिक दुश्चिंताओं, राजनीतिक विडम्बनाओं, प्रशासनिक विसंगतियों तथा क्षणभंगुर जीवन की विद्रूपताओं ने उनके अन्तर्मन को भीतर तक कचोटा है, वे उनकी कविताओं का कच्चा चिट्ठा है।

–डॉ. प्रवीण शुक्ल

4649/15-ए, न्यू मॉडर्न शाहदरा,
शाहदरा, दिल्ली-110032
मो. : 9312600362
ई-मेल : hasyakavipraveenshukla@gmail.com
Website : kavisammelan.net

जी हाँ, मैं हूँ आपका अपना !

जी हाँ, मैं हूँ आपका अपना!

चौंक गए न आप भूमिका का शीर्षक पढ़कर! स्वाभाविक है आपका चौंकना। साधारणतः पुस्तकों की भूमिका के शीर्षक इस तरह नहीं होते। इसके पूर्व प्रकाशित मेरी ही पुस्तकों की भूमिकाओं के शीर्षक इस तरह नहीं हैं। हाँ, आप मेरी सृजन-यात्रा के विषय में पढ़ेंगे और आपके समान स्नेही स्वजनों से प्राप्त अपनत्व को समझेंगे, स्वीकारेंगे तो स्वयं आप अनुभूत करेंगे कि–

जी हाँ, मैं हूँ आपका अपना!

सृजन प्रक्रिया प्रारंभ हुई। कब? कहाँ? कैसे? कहना कठिन है। जैसे फूल के खिलने, निर्झर के फूट पड़ने के विषय में कब? कहाँ? कैसे? के उत्तर तलाशना कठिन है वैसे ही सृजन प्रक्रिया को भी स्पष्ट करना कठिन है। हाँ, सृजन को साकार करने के लिए उसे आकार देना आवश्यक था। देश स्वतंत्र हुआ था– जन मानस में आशा-आकांक्षा और आनंद की अनुभूति थी। सम्पूर्ण वातावरण में लयात्मकता थी। अपनी अभिव्यक्ति के लिए 'गीत' विधा को चुन लिया। अपने सृजन को गीत शिल्प में अभिव्यक्त करना प्रारंभ किया–

पात निंबिया के
निंबिया के पात हरिया जाएँ
तब आना।
दिन गऊना के
गऊना के दिन नियरा जाएँ
तब आना।

वर्तमान की तरह विशाल श्रोता समूह, विशाल मंच, पारिश्रमिक का मोटा लिफाफा नहीं था। कविता-पाठ के लिए गोष्ठियाँ होती थीं–और कवियों के परिश्रमिक के रूप में 'पत्रपुष्प' की व्यवस्था होती थी। गीत प्रस्तुति के पहले श्रोताओं के मन-मानस को टटोलने के लिए मुक्तक लिखे, प्रस्तुत किए–

तुम्हारी याद अक्सर, चित्र मन पर खींच जाती है
उभर कर बूँद आँसू की नयन को सींच जाती है

तुम्हारी याद में और नींद में है दुश्मनी इतनी
उधर से याद आती है, इधर से नींद जाती है

स्नेही स्वजनों ने स्वीकार किया। अपनत्व दिया। मैंने नतमस्तक नमन कर कहा–

जी हाँ, मैं हूँ आपका अपना।

स्वतंत्र भारत में लोकतंत्र की प्रक्रिया प्रारंभ हुई। चुनाव हुए। जनता ने अपने प्रतिनिधि चुने। जन-प्रतिनिधियों से जनता की अपेक्षाएँ बहुत बढ़ गईं। जन-प्रतिनिधियों के स्वार्थ और भ्रष्टाचार ने जनता की अपेक्षाएँ भंग कर दीं। गीत के मीटर में अपने आक्रोश को अभिव्यक्त करना कठिन हो गया। गीत की भाषा और तेवर बदलने लगे। मेरे भी गीतों का तेवर बदला। मैंने लिखा–

भूखे हैं खेत और प्यासी है रेत
कैसे फिर संभव है सुख का अभिषेक

दिन पर दिन अनाचार, अत्याचार, भ्रष्टाचार में वृद्धि होने लगी। जन-जन का मन आक्रोशित होने लगा। जन-जन के मन का आक्रोश लेखनी में भी झलकने लगा। हाँ, आक्रोश को आक्रोश की भाषा में अभिव्यक्त करना उपयुक्त नहीं था इसलिए आक्रोश को व्यंग्य के रूप में प्रकट करना प्रारंभ किया। व्यंग्य की तीव्रता को कम करने के लिए हास्य का आवरण आवश्यक अनुभव हुआ। समझ लीजिए शुगर कोटेड कुनैन के रूप में कविताओं की निर्मिति एवं प्रस्तुति प्रारंभ की। एक उदाहरण देखें–

मार्ग दर्शन!
बहुत दिन गुना
और बाद में
हमने उनको चुना
यह सोचकर
कि वे समाज सेवा में
अपना जीवन अर्पण करेंगे
हमारा 'मार्ग दर्शन' करेंगे।
परंतु हाय!
चुनकर आते ही उन्होंने
अपने आपको

राजनीति से जोड़ लिया!
'मार्ग दर्शन' तो दूर रहा
'मार्ग' में
'दर्शन' देना भी छोड़ दिया!!

जीवन के मूल्यों में निरंतर गिरावट। खंडित होते प्रतिमान। यह सब देखकर कवि के भावुक मन का उत्तेजित होना, विचलित होना आक्रोशित होना स्वाभाविक था।

सृजन क्रम में गीत-मुक्तक-छंद-दोहे हास्य व्यंग्य सभी विधाओं में लिखा। मंच पर प्रस्तुत किया। इसी क्रम में 'माँ' जैसी धीर-गंभीर रचना लिखी-मंच पर पढ़ी। श्रोताओं ने सुनी-सराही। सिर माथे पर बिठा लिया।

मैंने नत मस्तक नमन कर कहा–

जी हाँ, मैं हूँ आपका अपना!

उस समय संचालन की अलग से कोई व्यवस्था नहीं रहती थी। गाँव में हेडमास्टर, शहर में कॉलेज के प्रिंसीपल या किसी अख़बार के संपादक को कवि सम्मेलन का अध्यक्ष बना दिया जाता था। अध्यक्ष ही संचालन का दायित्व निर्वाह करता था। ये बनाए गए अध्यक्ष महोदय को यह जानकारी नहीं होती थी कि मंच पर उपस्थित कविगण किस काव्य विधा में पारंगत हैं? क्या लिखते हैं? कैसा पढ़ते हैं? वे मंच पर ही कवियों से पूछते थे और श्रोताओं को बताते थे। कवि मित्रों ने मुझसे कहा–'मधुपजी, आप कवियों को जानते हैं, पहचानते हैं, कवि भी आपको मानते हैं। इसलिए आप ही संचालन किया करें'। कवियों के आग्रह का सम्मान कर, मैंने संचालन प्रारंभ किया। परंपरा से हटकर मैंने संचालन को नया स्वरूप दिया।

कवियों की विधा से संबंधित उनके व्यक्तित्व एव कृतित्व से संबंधित मैंने काव्य पंक्तियाँ लिखीं। प्रस्तुत कीं। उदाहरण के लिए काका हाथरसी पर लिखीं ये काव्य पंक्तियाँ दृष्टव्य हैं–

काका से पूछती थी हँसकर के एक नारी।
क्यों उगा रखी चेहरे पर लंबी दाढ़ी?
तो काका बोले–'नारी, तुम हो बड़ी अनाड़ी।
मुस्कान पर ये परदे का काम देती दाढ़ी।
काकी को देखकर हम जब भी मुस्कराएँ
ये छोकरे हमारी हरकत न देख पाएँ

श्रोताओं को संचालन में नवीनता दिखी। श्रोताओं ने कवियों ने, आयोजकों ने स्वीकृति दी–सराहना की। काव्य पाठ के साथ ही साथ एक दायित्व और जुड़ गया संचालन का। संचालन के कारण 'मास्टर ऑफ सेरेमनी' बन गया। कवियों से हटकर मेरी एक अलग स्थिति बन गई। कवि सम्मेलन के प्रारंभ से लेकर अंत तक मेरी उपस्थिति को लोगों ने रेखांकित किया। आयोजकों को अनूभूत हुआ कवि सम्मेलन का संयोजक सूत्रधार मैं ही हूँ। इसलिए आयोजकों ने कवि सम्मेलन के संयोजन का दायित्व निर्वाह करने का आग्रह किया।

आयोजकों के आग्रह का सम्मान कर मैंने संयोजन दायित्व स्वीकार करना प्रारंभ किया। फिर एक लंबी प्रक्रिया प्रारंभ हुई। आयोजकों के साथ बैठक। आयोजकों का बजट। कवियों का चयन। कवियों से सम्पर्क। उनकी सहमति। कवियों का आगमन प्रस्थान। आवास-प्रवास-व्यवस्था। धीरे-धीरे काव्य-पाठ के साथ मुझ पर कवि-सम्मेलन के संयोजक का दायित्व निर्वाह भी आ गया।

और बात 'मधुप जी की।

इस बीच एक सुखद घटना घटित हुई। बात सन 1975 की है। तत्कालीन मध्य भारत के एक मात्र समाचार-पत्र नवभारत के संपादक श्री विनोदजी माहेश्वरी ने समाचार-पत्र के लिए प्रति सप्ताह एक कविता लिखने, 'मधुपजी' के नाम से काव्य स्तंभ प्रारंभ करने का आग्रह किया। उन्होंने कहा आप पर कोई बंधन नहीं रहेगा। विषय वस्तु का चयन, भाषा, शिल्प सब कुछ आपको ही निर्धारित करना है। सुनकर मैं उनके चैम्बर से बाहर निकल आया। सोचा-असंभव है किसी ढाँचे में बंधकर कविता लिखना। किसी समय सीमा में बंधकर कविता लिखना। फिर चिंतन किया–असंभव तो कुछ भी नहीं है। प्रयास कर हर असंभव को संभव बनाया जा सकता है। शुभ संकल्प लेकर प्रयास प्रारंभ किए। प्रति सप्ताह कुछ न कुछ लिखने का प्रयास किया। जब विश्वास हो गया कि मैं लिख सकता हूँ तब मैंने अपनी सहमति दे दी।

कवि-सम्मेलन के संयोजन-संचालन-काव्य-पाठ के साथ प्रति सप्ताह रचना सृजन। समय पूर्व प्रेषण। बहुत बड़ी चुनौती को स्वीकार किया। परिणाम यह हुआ कि मेरी सम्पूर्ण चेतना सृजन पर केन्द्रित हो गई। चौबीस घंटे-अध्ययन-मनन-चिंतन-सृजन। रोचकता बनी रहे इसलिए समसामयिक विषय का चयन आवश्यक था। रचना में हास्य-व्यंग्य का पुट भी ज़रूरी था। साथ ही, प्रकाशन के पूर्व पंद्रह दिन पहले रचना 'नवभारत' कार्यालय में पहुँच जाना भी अनिवार्य

था। समझ लीजिए सर्कस के कलाकार की तरह सृजन एवं प्रस्तुति में संतुलन बनाए रखना था।

विषय चयन ने सामाजिक राजनैतिक विसंगतियों विडंबनाओं पर हास्य व्यंग्य विधा के माध्यम से अपने आपको अभिव्यक्त करना था। जैसा कि हम सब जानते हैं अपने देश में सामाजिक-राजनैतिक परिदृश्य क्षण-प्रतिक्षण बदलता रहता है। इन स्थितियों में पन्द्रह दिन पहले सामाजिक राजनैतिक परिदृश्य का चिंतन करना-विषय चुनना एवं कविता सृजन कर समय पूर्व समाचार-पत्र कार्यालय में पहुँचा देना। अपने आप में हटकर कार्य था। ईश्वर अनुकंपा से यह दायित्व निर्वाह सफलता पूर्वक मैं सुव्यवस्थित सुसंपन्न कर पाया।

विशेष बात यह रही कि सामाजिक विडंबनाओं पर लिखा। विपक्ष की विसंगतियों पर कभी हास्य, कभी व्यंग्य के माध्यम से भीषण प्रहार किए परंतु कभी किसी ने मुझे आरोपित नहीं किया। मुझे लगता है कि इसका कारण मेरा निष्पक्ष लेखन रहा। इसी कारण उन्होंने भी सराहना की जिन पर मेरी लेखनी ने व्यंग्य प्रहार किया।

पाठकों ने मेरे काव्य स्तंभ को आत्मीय अपनत्व प्रदान किया। इस परिश्रम का प्रतिफल यह मिला कि मेरा काव्य-स्तंभ पाठकों के जीवन का अंग बन गया। मेरे काव्य-स्तंभ से पाठकों का लगाव-जुड़ाव और प्रभाव को समझाने के लिए एक संस्मरण उल्लेखित करना अपना कर्तव्य समझता हूँ। संस्मरण टाइम्स ऑफ इंडिया के मराठी संस्करण 'महाराष्ट्र टाइम्स' में प्रकाशित हुआ है उसका संपादित अंश यहाँ दे रहा हूँ–

एक और नचिकेता!

''अक्सर मौत तुम्हारे घर आती है, नचिकेता मौत के घर गया। यह बड़ी प्रतीक की बात है। और जब मौत तुम्हारे घर आती है, तुम हमेशा मिल जाते हो। ख्याल है? कहीं भी घर बनाओ, मौत वहीं आ जाएगी। कभी तुमने ऐसा देखा-मौत आई और तुम घर पर न थे?

''नचिकेता मौत के घर गया, मौत न थी!

''नचिकेता ने मृत्यु से भी अमृत खोज लिया, लेकिन सूत्र इतना है कि अपनी स्वेच्छा से चला गया।

''जो व्यक्ति मृत्यु को भी स्वीकार ले, वह मृत्यु के पार आ जाएगा, अमृत होकर।'' यह अंश है ओशो के ग्रंथ 'कठोपनिषद' का। जिसकी भूमिका लिखने का सौभाग्य मुझे मिला था। ग्रंथ पढ़ते समय और भूमिका लिखते समय मैंने सोचा

भी नहीं था कि 'कठोपनिषद' में मृत्यु से संवाद करता कोई 'नचिकेता' जीवन में मुझे कभी, कहीं मिल भी जाएगा। सामान्य पाठकों की जानकारी के लिए बता दूँ कि 'नचिकेता' एक पात्र है जो 'मृत्यु' के रहस्य जानने के लिए मृत्यु के देवता यमराज से संवाद करता है।

हाँ, एक 'नचिकेता' से मुझे एक पोस्टकार्ड ने मुलाकात करवा दी। हुआ इस तरह कि पोस्ट ऑफ़िस से आए पत्रों का गठ्ठा पलटने बैठा तो प्राप्त पत्रों के गठ्ठे में एक पोस्टकार्ड दबा हुआ था।

पत्रों का गठ्ठा इसलिए कि लेखन से एवं मंच से बरसों से जुड़ा होने के कारण मेरे पास पत्र नहीं, पत्रों का गठ्ठा ही आता है। पत्र इतने अधिक आते हैं कि आज के इंटरनेट के युग में भी पोस्टमैन कई बार मेरे पत्र छाँटते बैठने की अपेक्षा मेरे गली मुहल्ले के लोगों की पत्र भी मेरे ही घर पटक कर चल देता है। रोज पत्रों का गठ्ठा लेकर बैठना, उसे छाँटना-पढ़ना, टिप्पणी लिखना, यह सब कुछ मेरी दिनचर्या का ही एक भाग है। जैसा कि मैंने बताया पत्र के गठ्ठे में एक पोस्टकार्ड दबा हुआ था– शोक संदेश का प्रिंटेड पोस्टकार्ड था इसलिए विशेष ध्यान दिए बिना उठाकर एक तरफ रख दिया। सभी पत्रों का विश्लेषण-विवेचन कर लेने के बाद उस शोक संदेश वाले पोस्टकार्ड को उठाया, जिसे सबसे कम महत्त्वपूर्ण समझकर एक तरफ उठाकर रख दिया था–वह इतना अधिक महत्त्वपूर्ण होगा, इसकी कल्पना भी नहीं थी। अवलोकनार्थ उस पोस्टकार्ड की प्रतिलिपि यहाँ दे रहा हूँ।

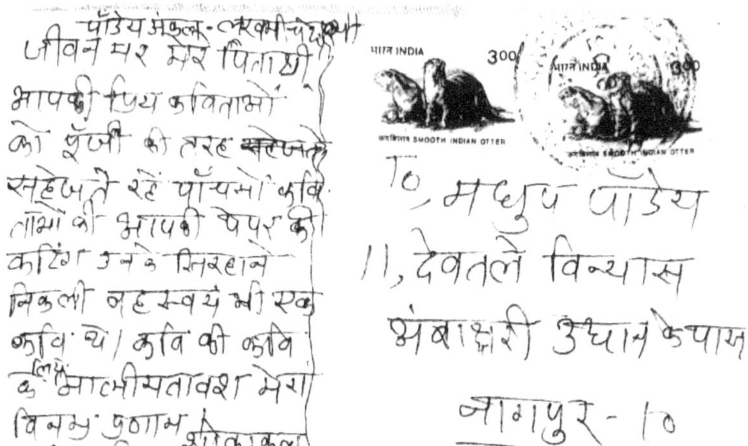
पाँडेय मंकुल-लखमीचंद्र
जीवन भर मेरे पिताजी
आपकी प्रिय कविताओं
को पूँजी की तरह ~~सहेजते~~
सहेजते रहे पाँचों कवि-
ताओं की आपकी पेपर की
कटिंग उनके सिरहाने
निकली वह स्वयं भी एक
कवि थे। कवि की कवि
के लिये आत्मीयतावश मेरा
विनम्र प्रणाम शोकाकुल
बेटी मालती

भारत INDIA 300
SMOOTH INDIAN OTTER

To, मधुप पांडेय
11, देवतले विन्यास
अंबाझरी उद्यान के पास
नागपुर-10
नागपुर

सूचनार्थ निवेदन है कि विगत पैंतालिस वर्षों से सुप्रसिद्ध हिन्दी दैनिक 'नवभारत' में प्रति सप्ताह मेरी एक हास्य-व्यंग्य कविता प्रकाशित होती है। यह पोस्टकार्ड इसी तरह प्रकाशित कविताओं की कतरन के संदर्भ में था—जो एक अपरिचित बच्ची ने उसके पूज्य पिता के निधन के बाद लिखा था।

पोस्टकार्ड पढ़कर कुछ देर तो मैं स्तंभित ही रह गया। सुस्थिर होने के बाद-उस बच्ची से सम्पर्क का प्रयास किया। मुश्किल से सम्पर्क हो पाया। बच्ची ने जो कुछ बताया उस पर विश्वास करना कठिन है परंतु सत्य है इसलिए विश्वास करना ज़रूरी भी है। बच्ची ने बताया—'बिस्तर पर पड़े उसके बीमार पिता मेरे काव्य स्तंभ की राह देखते थे—अख़बार आते ही उस बच्ची से पढ़वाते थे—फिर कतरन निकालकर अपने सिरहाने तकिए के नीचे रख लेते थे। जब मन-अनमना होता-कतरन निकालते-पढ़ते।' बच्ची ने बताया—'जब वे मेरी कविता पढ़वाते या पढ़ते उनके चेहरे पर एक अलौकिक चमक दिखाई देती थी। जैसे मृत्यु उनका जब भी द्वार खटखटाती-मेरी कविता पढ़कर उनके अधरों पर खिल आई मुस्कान, मृत्यु को द्वार से लौटा देती!' लगता था जैसे आधुनिक 'नचिकेता' मृत्यु से संवाद कर रहा हो—कविता एक माध्यम बन गई थी, ढाल बन गई थी—मृत्यु से संवाद का।

मुझे न जाने कितने पुरस्कार मिले हैं परंतु उस अपरिचित बच्ची के हाथ से पोस्टकार्ड पर लिखी चार पंक्तियाँ मेरे जीवन की सबसे बड़ी धरोहर हैं। जब भी मैं अपनी लेखनी को कमजोर अनुभव करता हूँ ये पोस्टकार्ड, ये चार पंक्तियाँ मेरी लेखनी का संबल बन जाती हैं। पंक्तियों को पढ़ता हूँ—बार-बार पढ़ता हूँ। ऊर्जा से भर उठता हूँ।

पैंतालिस वर्ष निरंतर प्रति सप्ताह कविता-सृजन एवं उसका प्रकाशन। मेरे जीवन की उपलब्धि बन गई। एक विशाल पाठक वर्ग मेरा परिवार बन गया। जब नवभारत के काव्य-स्तंम्भ की ख्याति चारों तरफ फैल गई तो अन्य क्षेत्र के समाचार-पत्रों ने मुझसे सम्पर्क कर वही रचना समाचार-पत्रों में प्रकाशित करने की अनुमति देने का आग्रह किया। उन समाचार-पत्रों के पाठकों का क्षेत्र अलग था इसलिए प्रकाशन अनुमति देने में असुविधा नहीं हुई। देश भर के कई समाचार-पत्र मुझसे जुड़ गए। मेरे काव्य-स्तंभ के पाठक वर्ग का विस्तार-विस्तार-और विस्तार होता चला गया। साथ ही मुझ पर अपने लेखन को पाठकों की कसौटी पर खरा बनाए रखने का दायित्व आ गया।

इन्हीं ढाई हज़ार प्रकाशित रचनाओं में से चुनी हुई रचनाओं का संकलन है 'मधुपजी'। आप पढ़ेंगे तो अनुभव करेंगे—अपने आप में परिपूर्ण है हर कविता।

प्रति सप्ताह काव्य स्तंभ 'मधुपजी' में मुझे कोई एक विचार अपने पाठकों

तक पहुँचाना रहता था। उसी विचार को शब्दों के शिल्प में ढालकर काव्य स्तंभ के रूप में, मैं आकार देता था। शायद यही कारण है कि पाठकों ने मुझे अपनत्व दिया। अपना बना लिया। मैंने नतमस्तक नमन करते हुए कहा–

जी हां मैं हूँ आपका अपना?

संयोजन-संचालन-काव्य-पाठ। व्यस्त हो गया। घनघोर व्यस्त। कॉमर्स का छात्र रहा। प्रोफ़ेसर रहा। इस कारण टाइम मैनेजमेंट की कला ने मुझे बहुत सहायता की। व्यस्तता ने हमेशा मुझे रचनात्मक बनाए रखा। अच्छा-अच्छा और अच्छा ही सोचा। अच्छा-अच्छा और अच्छा ही किया। व्यस्तता ने मुझे हमेशा क्रियाशील बनाए रखा। क्रियाशील बना रहा। गतिशील बना रहा। इसलिए मुझमें ठहराव नहीं आया। मेरा मिशन रहा–'चरैवेति'। चलता रहा-चलता रहा। आज भी चल रहा हूँ।

मंच पर काव्य-पाठ से क्रम प्रारंभ हुआ। संचालन से लेकर संयोजन तक पहुँचा। साथ ही साथ कॉलेज की नौकरी। पत्र-पत्रिका में रचना प्रकाशन। नियमित काव्य-स्तंभ। आश्चर्यजनक बात यह थी कि घर-परिवार में कहीं कोई ऐसा व्यक्ति नहीं था जो उँगली पकड़कर साथ ले चलता। निर्देशित करता–क्या करें, क्या नहीं करे। सुधारता-सँवारता। रोकता-टोकता। बताता-समझाता। स्वयं को ही सीखना समझना-करना था। गिरना-उठना-चलना। हाँ, एक बात अवश्य थी कि जो भी निर्णय ले लिया, जो भी निश्चय मैंने कर लिया उसे आकर देने, उसे साकार करने में मेरी अर्धांगिनी मधूलिका ने तथा बिटिया मधूली ने सम्पूर्ण समर्थन, सम्पूर्ण समर्पण के साथ सहयोग किया। निर्णय मैंने लिए उसे निर्णायक स्थिति में पहुँचाने का काम परिवार के सदस्यों मे किया।

हाँ, मेरी विशिष्टता रही 'कार्य के प्रति पूर्ण समर्पण'। साथ ही लक्ष्य निर्धारित कर उसे पूर्णता तक पहुँचाने का प्रयास। कार्य के प्रति सम्पूर्ण निष्ठा। परफेक्शन का संकल्प। कठोर परिश्रम। कठोर ही नहीं घनघोर परिश्रम। श्रोताओं-पाठको-संयोजकों ने यह सब करते हुए मुझे देखा-समझा-परखा-स्वीकारा। सबने कहा–'ये है हमारा अपना'। गदगद प्रसन्न-पुलकित-आनंदित होकर नत मस्तक नमन करते हुए मैंने कहा–

जी हाँ, मैं हूँ आपका अपना!

सृजन-प्रकाशन। संयोजन-संचालन-प्रस्तुति। हर क्षण मैंने यही संकल्प रखा–अपने आपको संवारना-सुधारना-निखारना-तराशना।

किसी कवि की दो पंक्तियाँ है–

आइना बनने से बेहतर है
कि तुम पत्थर बनो
जब तराशे जावोगे
देवता बन जावोगे

देवता बनने की चाह नहीं है परंतु अपने आपको तराशने का क्रम जारी है। इसलिए सुधी पाठकों से निवेदन है कि कृपया रचनाएँ पढ़ें। तराशें-सुधारें-सवारें-बताएँ। भाव-भाषा-शिल्प। कहीं भी, कुछ भी अनुभूत करें तो कृपया अभिव्यक्त करें।

आपका अपना,

मधुप पांडेय
11, देवतले विन्यास,
अम्बाझरी उद्यान के पास,
नागपुर-440033,
दूरभाष : 0712-2241529
मो. : 09422111511
ई-मेल : hasyakavi.madhuppandey@gmail.com

मधुप पांडेय : एक परिचय

विशिष्ट उपलब्धियाँ :

- महामहिम राष्ट्रपति माननीय श्रीप्रणवजी मुखर्जी, राष्ट्रपति माननीय पं. शंकरदयालजी शर्मा, द्वारा सम्मानित।
- लंदन में छठवें विश्व हिन्दी सम्मेलन एवं मारीशस में चतुर्थ विश्व हिन्दी सम्मेलन के अवसर पर आयोजित अंतरराष्ट्रीय कवि-सम्मेलन में आमंत्रित, सम्मानित। मॉरीशस में भारत सरकार के उच्चस्तरीय प्रतिनिधि मंडल के सम्मानित सदस्य।
- अमेरिका में आयोजित अंतरर्राष्ट्रीय काव्य-समारोह में आमंत्रित, सम्मानित। अध्यक्ष पद विभूतिषत।

प्रवृत्ति :

- कवि सम्मेलन मंच के अंतरराष्ट्रीय स्तर के ख्याति प्राप्त संचालक-संयोजक, कुशल व्यंग्य शिल्पी, प्रतिष्ठित रचनाकार।

संकलन : हास्य-व्यंग्य

- हँसते हँसते : कट जाएँ रस्ते • चुटीली चिकौटियाँ • मीठी मिर्चियाँ
  प्रकाशक : डायमंड पॉकेट बुक्स, नई दिल्ली
  विशिष्ट : विश्वात्मा (हिन्दी व अंग्रेजी संस्करण)
  प्रकाशक : पेंग्विन पाट्रेज इंडिया Bloomington (U.S.)
- एक अनूठी काव्य-कृति जिसमें मानव की हिंसक प्रवृत्ति को अहिंसक वृत्ति में परिवर्तित करने की 'माँ' के ममत्व की अदम्य क्षमता को व्याख्यायित किया गया है।
- पाठ्य पुस्तक में 'माँ' रचना समाविष्ट।

प्रकाशन

- राष्ट्रीय स्तर पर 1984 से प्रति वर्ष प्रकाशित हास्य-व्यंग्य कविताओं की वार्षिकी–'श्रेष्ठ हास्य व्यंग्य कविताएँ' में ससम्मान रचनाएँ संकलित।
- राष्ट्रीय स्तर की प्रमुख पत्र-पत्रिकाओं में सतत सचना प्रकाशन।

काव्य-स्तंभ : नवभारत (महाराष्ट्र, मध्य प्रदेश, छत्तीसगढ़) के लोकप्रिय साप्ताहिक चुटीले व्यंग्य-काव्य स्तंभ 'मधुपजी' में चार दशक से निरंतर लेखन का अनूठा कीर्तिमान। सन्मार्ग (पं. बंगाल) दैनिक नवज्योति (राजस्थान) धीर (कर्नाटक) में नियमित व्यंग्य काव्य-स्तंभ।

सम्मान : पुरस्कार

- हास्य व्यंग्य विधा के सर्वोच्च राष्ट्रीय सम्मान 'पद्मश्री काका काथरसी' पुरस्कार एवं 'हास्य रत्न' उपाधि से विभूषित।
- कवि प्रदीप 'श्रेष्ठ शिखर सम्मान' से गौरवान्वित।
- उत्तर प्रदेश सरकार समर्थित 'अट्टहास शिखर सम्मान' से सम्मानित।
- महाराष्ट्र राज्य हिन्दी साहित्य अकादमी 'हिन्दी सेवी सम्मान' से सम्मानित।
- महाराष्ट्र राज्य हिन्दी साहित्य अकादमी काव्य-विधा पुरस्कार।
- विदर्भ हिन्दी साहित्य सम्मेलन सर्वोच्च साहित्य पुरसकार, सम्मान।

प्रसारण :

- दूरदर्शन एवं विभिन्न राष्ट्रीय चैनल्स के राष्ट्रीय प्रसारण के लोकप्रिय कवि, संचालक।
- बी बी सी एवं ऑल इंडिया रेडियो से नियमित प्रसारण।

प्रस्तुति :

- गणतंत्र दिवस समारोह के उपलक्ष्य में आयोजित लाल किले के राष्ट्रीय कवि-सम्मेलन में कई बार सम्मानित।
- प्रथम विश्व हिन्दी सम्मेलन के साहित्य सचिव। उद्घाटन समारोह का आँखों देखा विवरण-काव्यात्मक प्रस्तुति।
- राष्ट्र के प्रतिष्ठापूर्ण हास्य व्यंग्य समारोह 'चकल्लस' (मुंबई), 'ठहाका' (बनारस), 'अट्टहास' (लखनऊ), 'ठिठोली' (दिल्ली), 'व्यंग्यम' (कोलकाता), 'टेपा' (उज्जैन), 'हास्योत्सव' (जयपुर) में बार-बार आमंत्रित विशिष्ट कवि-संचालक।
- दस हजार से अधिक अखिल भारतीय काव्य-समारोहों का संयोजन-संचालन काव्य-पाठ।

दायित्व :

- मानव संसाधन विकास मंत्रालय, भारत सरकार की हिन्दी सलाहकार समिति के सदस्य के रूप में सम्मानित।
- महाराष्ट्र राज्य हिन्दी साहित्य अकादमी के सदस्य रूप में तीन सफल कार्यकाल।
- जन्म : सन 1941 परतवाड़ा (महाराष्ट्र), शिक्षण : एम.ए. (हिन्दी), एम.कॉम. ईमेल : hasyakavimadhuppandey@gmail.com
- Website : www.madhuppandey.com

अनुक्रमणिका

बिकाऊ!

जैसे ही पता चला
नवनिर्वाचित विधायक ने
बिकने से इन्कार कर दिया।
परिक्षेत्र के लोगों ने
उनका अभिनंदन करने का
तुरंत निर्णय कर लिया।
समिति संयोजक ने कहा–
'विधायकजी, आप सचमुच हैं,
वंदनीय, अभिनंदनीय, महान।
बिकने से इन्कार कर
आपने निश्चय ही बढ़ाया है,
देश के लोकतंत्र का सम्मान।
पता नहीं क्यों लोग इसे
हॉर्स ट्रेडिंग (घोड़ा व्यापार)
कह-कहकर हमें भरमाते हैं।
जबकि हम सब जानते हैं,
वहाँ पर बिकने के लिए
घोड़े नहीं, गधे ही आते हैं!
उधर संसद सदस्य
'सौदेबाजी' कर रहे हैं,
सरे आम बिक रहे हैं।
इधर बिकने से इन्कार कर,
आप भारतीय लोकतंत्र का
नया इतिहास लिख रहे हैं।
आप धन्य हैं, जो आपने
राजनीति के गिरते मूल्यों को
थामने का दायित्व लिया है।
इसलिए हम सबने, आपका
अभिनंदन समारोह आयोजित
करने का निश्चय किया है'।
सुनकर विधायकजी बोले–
'बाज़ार में है, विधायक का
अभी पाँच करोड़ का भाव।
और हमें ख़रीदने वाले
हमारे सामने रख रहे थे–
केवल एक करोड़ का प्रस्ताव।
गलतफहमी में मत रहना
हम लोकतंत्र सिद्धांत-विद्धांत,
नैतिक मूल्यों पर नहीं टिके हैं!
अभी विधायक बाज़ार में
ठीक भाव नहीं मिल रहा है,
इसलिए अभी तक नहीं बिके हैं!!'

फांसी का फंदा!

प्रजा को भ्रष्टाचार से
देखकर पीड़ित-परेशान।
राजा ने चिढ़कर, खीजकर,
जारी किया शाही फरमान–
''राज्य के मंत्री, तंत्री,
तुरंत-तत्काल जाओ।
भ्रष्टाचारी को सरेआम,
फांसी के फंदे पर लटकाओ।''
महामंत्री बोला–''राजन,
आपके आदेश-निर्देश सही हैं।
पर जितने भ्रष्टाचारी हैं,
उतने फांसी के फंदे नहीं हैं।
आप आज्ञा दें, तो ठेकेदार से,
फांसी के फंदे बनवा लूँ।
भ्रष्टाचारियों को पकड़कर,
फांसी के फंदे पर लटका दूँ।
राजा ने तत्काल आज्ञा दी,
महामंत्री ने आज्ञा का पालन किया।
'चहेते' ठेकेदार को बुलाकर,
फांसी के फंदों का ऑर्डर दे दिया।
फंदों के आते ही, राजा ने,
फांसी की तिथि घोषित करवाई।
रोमांचक दृष्य देखने के लिए,
दरबार में, प्रजा उमड़ आई।
परंतु उस क्षण, राजा, प्रजा,
सबका धीरज छूट गया।
जब भ्रष्टाचारी को लटकाते ही,
फांसी का फंदा ही टूट गया!
हैरान, परेशान राजा ने,
तुरंत ठेकेदार को बुलवाया।
आते ही, ठेकेदार ने,
रो रोकर अपना दुखड़ा सुनाया–
''हुजूर, क्षमा करें, मैंने
कोई अपराध नहीं किया है।
मंत्री, संत्री, तंत्री, सबने,
मुझसे कमीशन लिया है।
जब तक मंत्री, संत्री, तंत्री को,
आप फांसी पर नहीं लटकाएँगे।
तब तक राज्य से कभी भी,
भ्रष्टाचार नहीं मिटा पाएँगे।''
हाय! व्यवस्था की ये
कैसी विवशता है, कैसी लाचारी है!
जिस पर भ्रष्टाचार मिटाने की–
जिम्मेदारी है,
वह स्वयं भ्रष्टाचारी है!

रोड शो!

जम्हूरे ने पूछा–'मदारी,
हम जीवन भर से,
रोड पर ही शो कर रहें हैं।
दिन भर परिश्रम के बाद
जो रूखा-सूखा मिलता है,
उससे अपना पेट भर रहें हैं।
परंतु क्यों सब तरफ
नेता-पुत्रों के रोड शो की
चर्चा हो रही है दिन-रात?
इन चर्चित नेता-पुत्रों के
रोड शो में कौन सी है,
अदभुत, अनोखी, विशेष बात?'
मदारी बोला–'जम्हूरे,
अपने रोड शो देखने,
भूखे-नंगे लोग आते हैं।
शो पर तरस खाकर
चवन्नी-अठन्नी फेंककर,
रोड पर से खिसक जाते हैं।
अपना शो देखने वाले
अधिकांश भूखे, नंगे,
ग़रीब, बेरोजगार होते हैं।
शो के करतब देखकर,
कुछ देर हँस लेते हैं,
वैसे जीवन भर रोते हैं।
जबकि नेता-पुत्रों के
रोड शो में, किराए के
गुंडे-मुस्टंडे आते हैं।
शराब पीकर, कबाब खाकर,
झूमते, नाचते, गाते,
हँसते-खिलखिलाते हैं।
पार्टी, प्रचार के लिए
मीडिया कर्मियों पर
बेशुमार धन लुटाती है।
आरोप-प्रत्यारोप लगते हैं,
चर्चा-परिचर्चा छिड़ती है,
बिना बात, ख़बर बन जाती है!
जम्हूरे, उनके रोड शो से
अपने रोड शो की,
तुलना कर, क्यों रोता है?
भरे पेट और ख़ाली पेट
रोड शो करने वालों में,
कुछ तो अंतर होता है!'

पाँच दो! पाँच सौ लो!!

सहेली ने कहा–''सखि,
तू खूब सज-सँवर रही है,
बिना बात लजा रही है।
इधर-उधर, सब तरफ,
ताँक-झाँक कर रही है,
बेवजह मुस्करा रही है।
कुछ गुलाब के फूल लिए,
छद्म प्रेमियों की तलाश में,
इधर-उधर भटक रही है।
सार्वजनिक बाग-बगीचों में,
सुंदर परिधान पहन कर,
व्यर्थ लचक-मटक रही है।
भारतीय नारी के लिए,
इर तरह का व्यवहार,
उपयुक्त नहीं, ठीक नहीं है।
इस तरह लचकना, मटकना,
बगिया में व्यर्थ भटकना,
अपनी परंपरा, लीक नहीं है।
मैं बहुत गौर से, ध्यान से,
देख-पढ़ रही हूँ, तेरे
चेहरे के विचित्र हाव-भाव।
लगता है, 'वेलेंटाइन डे' की
पाश्चात्य संस्कृति का,
तुझ पर पड़ गया है प्रभाव?''
सखि बोली–''सुन बहना,
भारतीय संस्कृति संस्कार,
अच्छी तरह से जानती हूँ।
इस तथाकथित प्रेमियों के
छद्म आचार, व्यवहार को,
पहले से ही पहचानती हूँ।
मुझे तो 'वेलेंटाइन डे' पर,
पाँच रूपए का फूल देकर,
पाँच सौ का गिफ्ट वसूलना है।
पाश्चात्य संस्कृति वाला,
थोड़ा देकर, अधिक वसूलने का,
ये मॉडर्न खेल खेलना है।
पाँच का फूल पकड़ाकर,
पाँच सौ के गिफ्ट की,
यदि हो रही कमाई है।
तो पाश्चात्य संस्कृति के
'वेलेंटाइन डे' प्रसंग को,
भुनाने में क्या बुराई है?''

एलियंस!

खगोल विज्ञानी माँ ने
बच्चे को बताया–''हम जैसे
कुछ प्राणी, ब्रम्हांड में रहते हैं।
कुछ वैज्ञानिक कथन को
सत्य मानते हैं, और वे इन
प्राणियों को 'एलियंस' कहते हैं।
इन 'एलियंस' के विषय में
समय-समय पर लोग छापते
रहते हैं–सच्चे-झूठे समाचार।
कथ्य-तथ्य स्पष्ट नहीं है
इसलिए समझना मुश्किल है–
इनका रंग-रूप, आकार प्रकार।
'एलियंस' इस पृथ्वी पर
कभी-कभी, कहीं-कहीं दिखते हैं,
बहुत मुश्किल से ही नज़र आते हैं।
इसलिए लोग कभी इनके
आचार-विचार व्यवहार को
जान-पहचान, समझ नहीं पाते हैं।''
बच्चे ने माँ के कथन को
अच्छी तरह से जाना समझा,
धीर गंभीर होकर ध्यान से सुना।
'एलियंस' की खोज शुरू की,
इधर-उधर चारों तरफ भटका,
उसका मन, कई दिनों रहा अनमना।
एक दिन बच्चे ने कहा–
''मम्मी आज मुझे सड़कों पर
अनेक 'एलियंस' दिखाई दिए हैं।
रंग-बिरंगी टोपियाँ हैं,
आगे-पीछे लगुए भगुए हैं,
साथ गुंडे-मुस्टंडे झंडे लिए हैं।
जैसा आपने कहा था–
जानना-समझना मुश्किल है
उनका आचार-विचार या व्यवहार!
जानकारों का कहना है–
सड़कों पर दिखाई दे रहे हैं
ये लोग 'पाँच बरस' में पहली बार।''
मम्मी ने कहा–''सुन बेटे,
तुझे भ्रम है, 'एलियंस' नहीं,
ये लोकसभा के उम्मीदवार हैं!
जनता से वोट माँगने
ये सड़कों पर दिखाई देते,
'पाँच बरस' में
केवल 'एक बार' हैं!!''

मजबूरी है! ज़रूरी है!!

मैंने पूछा–''भैयाजी,
अभी एक अप्रैल के दिन,
'मूर्ख दिवस' का प्रसंग आया।
आपने 'मूर्ख दिवस' को,
लगुओं और भगुओं के साथ,
बहुत ही धूमधाम से मनाया।
वैसे मैं जानता हूँ–
''मूर्ख दिवस' के प्रसंग को,
आप कभी भी नहीं मनाते थे।
जो भी लोग मनाते थे,
उनका आप, आपके साथी,
'मूर्ख' कहकर मजाक उड़ाते थे।
फिर इस बार ही आपको,
'मूर्ख दिवस' के प्रसंग को,
मनाने का विचार क्यों आया?
आपने 'मूर्ख दिवस' को,
लगुओं और भगुओं के साथ,
बहुत ही धूमधाम से मनाया!''
सुनकर, भैयाजी बोले–
शायद आपको पता नहीं है,
जब-जब चुनाव सिर पर आते हैं।
हम और हमारे साथी,
'मूर्ख दिवस' के प्रसंग को,
मगन मन मस्ती से मनाते हैं।
हमें, हमारे वोटर को,
झूठे आश्वासनों वाले
झाँसे में फंसाना पड़ता है।
बेकार खोखले नारे
चैक-बाज़ार में उछालकर,
उनको 'मूर्ख' बनाना पड़ता है।
चुनाव सभा संबोधन में,
तालियाँ पिटवाने के लिए
ऊल-जलूल हरकतें करते हैं।
'मूर्खता' प्रदर्शन से
वोटरों को हँसाते-लुभाते,
और भाषण में रंग भरते हैं।
चुनाव जीतने के लिए,
'मूर्ख दिवस' प्रसंग मनाना,
समझ लो, हमारी मजबूरी है!
'मूर्ख' बनाने के लिए,
'मूर्ख' सा दिखना, दिखाना,
लोकतंत्र में
बहुत ज़रूरी है!!''

चुनावी चंदन!

''चुनावी संग्राम में
आपकी टाँग टूटी है,
या आपका हाथ टूटा है।
विरोधी के गुंडों ने
आपको मारा-पीटा
अथवा बुरी तरह कूटा है।
चिंता मत कीजिए,
हमारे अस्पताल में
तुरंत भरती हो जाइए।
और अस्पताल की
सस्ती, सुंदर, टिकाऊ,
सुविधा का लाभ उठाइये।
हमने प्रत्याशियों की
टूट-फूट के सुधार की
अति विशिष्ट व्यवस्था की है।
हमारे अस्पताल ने
उनके इलाज खर्च में,
बहुत अधिक छूट भी दी है।
यदि प्रत्याशी को
विरोधी के गुंडों ने,
मारा-पीटा या कूटा है।
उनकी एक ही टाँग
टूटी है या गलती से,
केवल एक हाथ टूटा है।
तो हम दूसरी टाँग
या दूसरे हाथ का भी,
मुफ्त में इलाज करते हैं।
हमारे नर्स-डॉक्टर
प्रत्याशी के जख्मों पर,
नेह का मलहम धरते हैं।
मानलो, दूसरी टाँग
या हाथ ठीक-ठाक है,
तो हम उसे भी तोड़ते हैं।
फिर हमारे डॉक्टर
उसे बिना खर्च मुफ्त में,
कुशल कला से जोड़ते हैं।''
''इस देश में चुनाव
फिर चुनाव में तोड़-फोड,
स्वाभाविक प्रक्रिया है!
इसलिए हमने यह
टूट-फूट के सुधार की,
सेवा का विज्ञापन दिया है!!''

नहीं बनूँगा राष्ट्रपति!

राष्ट्रपति चुनाव की
चर्चा सुनकर, स्कूल टीचर
मित्र से किया प्रस्ताव–
''यार, सब लड़ रहें हैं,
तू क्यों नहीं लड़ लेता
राष्ट्रपति पद का चुनाव?''
मित्र बिफरकर बोला–
''तुझे अच्छी तरह पता है,
मैं एक स्कूल टीचर हूँ।
माना, मैं विद्वान हूँ,
परंतु आर्थिक दृष्टि से
बिल्कुल ही फटीचर हूँ।''
मैं बोला–''विद्वान है न,
इसलिए तर्क-कुतर्क में
तू व्यर्थ उलझ जाता है।
अरे, राष्ट्रपति चुनाव में
आर्थिक समृद्ध होने का,
प्रश्न ही कहाँ आता है?
राष्ट्रपति पद चुनाव में
केवल विधायक, सांसद,
अपने-अपने वोट देते हैं।
विधायक-सांसद मिलकर
राष्ट्रपति पद प्रत्याशी का
सहज चुनाव कर लेते हैं।
तूने कितने ही विधायकों
और कितने ही सांसदों को
स्कूल में स्वयं पढ़ाया है।
तू उन सबका 'गुरु' रहा है,
'गुरु दक्षिणा' माँगने का
अब सही समय आया है।''
वह बोला–''आर्थिक स्थिति की,
मैंने बात इसलिए की थी
कि थोड़ा सा वेतन पाता हूँ।
इस थोड़े से वेतन में
घर-खर्च नहीं चलता,
इसलिए ट्यूशन पढ़ाता हूँ।
यार, मुझे भय लगता है,
राष्ट्रपति बन जाने पर
मेरी किस्मत फूट जाएगी।
राष्ट्रपति दायित्व निर्वाह में
इतना व्यस्त हो जाऊँगा,
मेरी ट्यूशन छूट जाएगी!''

तलाश कहानीकार की!

फ़िल्म महोत्सव में
निर्णायक मंडल ने
एक चर्चित फ़िल्म की
कहानी के लिए
पुरस्कार घोषित किया।
परंतु सभी को आश्चर्य हुआ
कि जब किसी ने भी आकर
वह पुरस्कार नहीं लिया।
पत्रकारों के बार-बार पूछने पर
निर्माता ने अपना मुँह खोला
और वह फुसफुसाकर बोला–
'कहानी का आयडिया
मेरी पत्नी ने
एक अंग्रेजी फ़िल्म के
कथानक से चुराया।
जिसे डायरेक्टर ने
नमक-मिर्च लगाकर
हीरो को सुनाया।
फिर हीरो ने
कुछ विशेष सीन
अपनी तरफ से जोड़ दिए।
और कुछ
हीरोइन की ओर से
जोड़ने के लिए छोड़ दिए।
बीच-बीच में
हीरो के चमचे
हीरोइन की मम्मी,
खलनायक के दोस्त
अपनी टाँग अड़ाते रहे।
यहाँ तक कि
उनके शोफर, घरेलू नौकर
दूर के रिश्तेदार,
सभी बराबर पेबंद लगाते रहे।
कुछ रंगीनी
डांस डायरेक्टर ने
फ़िल्म में भर दी।
और रही-सही कसर
झाड़ू लगानेवाले
लड़के ने पूरी कर दी!
इसीलिए इस मामले में
हम चुप हैं, हमारा मौन है,
क्योंकि हमें भी पता नहीं है
कि इस फ़िल्म का
कहानीकार कौन है?'

टीका-टिप्पणी!

'भैयाजी, विरोधी आप पर,
'टीका-टिप्पणी' करते हैं,
परंतु आप नहीं घबराते हैं।
चुनावी कुटिल-करतूतों से
ऊल-जलूल हरकतों से
कभी बाज नहीं आते हैं।'
उत्तर मिला–'बचुआ,
ये 'टीका-टिप्पणी' शब्द,
हमारे जाने-पहचाने हैं।
इसलिए नहीं घबराते हैं,
क्योंकि इन शब्दों से,
हमारे संबंध पुराने हैं।
नज़र नहीं लग जाए
इसलिए सबसे पहले,
माँ ने 'टीका' लगाया।
फिर फैमिली डॉक्टर ने
हर महीने एक 'टीका'
लगाने का क्रम बनाया।
स्कूल गए, तो मास्टर ने,
'टिप्पणी' हल करने का,
गुरु ज्ञान हमें दिया।
परीक्षा के प्रश्न पत्र में
'टिप्पणी' वाला प्रश्न,
हमने बढ़िया हल किया।
इतने 'टीका' लगवाये हैं
कि किसी भी 'टीका' का,
हम पर असर नहीं होता है।
'टीका' करने वाला ही
हमारी मजबूत खाल को,
देख कर, बिलखता रोता है।
विरोधियों की सभी
टिप्पणियों के उत्तर,
हमारे पास तैयार हैं।
हमारे गुंडे-मुस्टंडे
विरोधियों का निरंतर,
करते रहते बंटाढार हैं।
चुनाव के संदर्भ में,
हमारा आदर पुरुष–
गब्बर सिंह कह कर गया–
'चुनाव में, विरोधियों की
'टीका-टिप्पणी' से
जो डर गया, वह मर गया!''

विकल्प विवशता!

मैंने प्रश्न किया–''हुजूर,
आप पद में
और कद में बहुत बड़े हैं।
परंतु सब जानते, मानते,
और पहचानते हैं
कि आप चिकने घड़े है।
आरोपों के ओले
आप अपनी मजबूत
खल्वाट खोपड़ी पर
ठहरने नहीं देते हैं।
आरोपों के ओलों की
निरंतर बौछार का
बढ़िया मजा लेते हैं।
वैसे कभी-कभी
'सैर' करने जेल जाते हैं।
वहाँ कुछ दिन तक
'विश्राम' करते हैं,
फिर शान से निकल आते हैं।
वोटर आपके
कुटिल कारनामों को
पढ़ते, सुनते, गुनते हैं,
बैठकर सिर धुनते हैं।
परंतु चुनाव में
जब भी खड़े होते हैं,
वोटर जाने क्यों,
आपको ही चुनते हैं''?
उत्तर मिला–
''श्रीमान, लगता है,
राजनीति के 'खेल' में
आप बिल्कुल अनाड़ी हैं।
इस 'खेल' के मैदान मैं
हमसे भी अधिक
खतरनाक खिलाड़ी हैं।
लोकतंत्र में चुनाव,
चुनाव में छली-कपटी–
उम्मीदवार ज़रूरी है।
बुरे उम्मीदवारों की
भारी भीड़ में से,
कम बुरे को चुनना
वोटर की मजबूरी है!''

भाषा! तमाशा!!

स्वर्ग में पंडित नेहरू
जाने क्यों, फूट-फूट कर रो रहे थे।
वे लगातार-धुआँधार
आँसुओं से अपना मुँह धो रहे थे।
देखकर, 'बापू' ने पूछा–
''अरे, जवाहरलाल
तुम्हें क्या हुआ?
किस घटना-दुर्घटना ने
तुम्हारे कोमल अंतर्मन को छुआ?
याद है–अंग्रेजों की
तुम जेल में रहे, न खाया, न सोये।
जेल की यातनाएँ सहीं,
परंतु जीवन भर कभी नहीं रोए!''
नेहरूजी बोले–''बापू,
रची थी–भाषावार प्रांत रचना।
सुंदर पौधा लगाया था,
चाहता था–मीठे मधुर फल चखना।
सोचा था–हर भाषा का
फूल, राष्ट्र की बगिया में खिले।
हर फूल का रंग, रस, रूप,
आँखों को सुख दे,
सबको सुगंध मिले।
पर कुछ भाषा-उन्मादी
हर मैटरनिटी होम में जा रहे हैं।
बच्चा, कौन-सी भाषा में
रोता है, इसका पता लगा रहे हैं।
पता लगा रहे हैं कि माँ
कौन-सी भाषा में लोरी गाती है।
जिस प्रांत में रहती है,
क्या प्रांत-भाषा, उसे आती है?
बापू, यह तमाशा देख
मेरी आत्मा, बिलखती-रोती है।
क्या बच्चे के रोने या
हँसने की, कोई भाषा होती है?
ये भाषा के उन्मादी
घात-प्रतिघात, उत्पात कर रहे हैं।
क्रूर-कुटिल राजनीतिज्ञ
अपने-अपने वोट बैंक भर रहे हैं।
देश का शासन-प्रशासन,
नंगई का तमाशा देख रहा है।
हर दल भाषा की आग में,
अपने स्वार्थी हाथ सेंक रहा है।
बापू, लगता है कि इन्हें
उसी दिन सुख मिलेगा, चैन आएगा!
जब भाषा की धरोहर को
देश खो देगा, गूंगा हो जाएगा!!''

'भंग' भंगिमा!

स्कूली बच्चों के पालक,
मगन मन नाच रहे थे, गा रहे थे।
जैसे अपने परिवार का,
कोई मंगल उत्सव मना रहे थे।
जिज्ञासावश मैंने पूछा—
''न कोई होली है, न दीवाली है।
फिर भला ये किस बात की,
मौज है, मस्ती है, ख़ुशहाली है?
अभी तो बच्चों के सिर पर,
परीक्षा के भय का भूत सवार है।
जिसके तनाव से परम पीड़ित,
हर पालक है, पूरा घर-परिवार है।
परीक्षा बच्चों की है, परंतु
लगता है, परिवार के इम्तिहान हैं।
दादा-दादी, नाना-नानी,
मम्मी-पापा, पीड़ित परेशान हैं।
बच्चा, दिन-दिन भर पढ़ता है,
पढ़कर, रटकर बुरी तरह थकता है।
वह कहीं थककर सो न जाए,
इसलिए पूरा परिवार जगता है।
मॉडर्न परीक्षा पद्धति ने,
मचा रखा सब तरफ हाहाकार है।
परिवार दंड संहिता का,
यह कुटिल कटु कुत्सित
आविष्कार है।
इस परिस्थितियों में भी आप,
क्यों मस्त नाच रहे हैं, गा रहे हैं?
कृपया मुझे बताइए न,
किस बात का आनंद मना रहे है?''
उत्तर मिला—''श्रीमानजी,
लोकसभा 'भंग' का
प्रस्ताव आया है।
इसी ख़ुशी में, सबने मिलकर,
आज ये मंगल उत्सव मनाया है।
बच्चे, दूरदर्शन चैनल पर,
कुछ सांसदों के करतब देखते थे।
विचित्र करतब देखकर, सुनकर,
हम सब पर व्यंग्य बाण फेंकते थे।
व्यंग्य बाण सहते-सहते,
हमारा हुलिया तंग हो जाता था।
बच्चों पर हमारा अनुशासन,
शासन-प्रशासन भंग हो जाता था।
लोकसभा 'भंग' प्रस्ताव से,
इसीलिए हमारा चेहरा खिला है।
अब बच्चों को अनुशासित रख,
उन्हें पढ़ाने का मौका मिला है!''

टिकटोनिया!

नव विवाहित पत्नी,
नेता-पति, पागलपन समझ नहीं पाई।
तो बेचारी घबराकर,
फैमिली डॉक्टर चैम्बर में घुस आई।
बोली–''डॉक्टर साहब,
मेरा सुख-चैन,
आनंद सब खो गया है?
देखिए न, पतिदेव को, अचानक,
ये कौन-सा रोग हो गया है?
हर पार्टी दफ्तर को,
घूरते हैं, फिर प्यार से निहारते हैं।
हर रंग की टोपी,
पहनते हैं, फिर पहनकर उतारते हैं।
चार क़दम चलते हैं,
चलकर थकते हैं,
फिर थककर रुकते हैं।
हर पार्टी लीडर की,
फोटो के सामने,
नत मस्तक झुकते हैं।
बच्चों को घेर कर,
उन्हें लंबे-लंबे, भाषण सुनाते हैं।
कपड़ों को फाड़ फाड़कर,
अलग-अलग पार्टी-झंडे बनाते हैं।
अकेले में रोते हैं,
बुझे चेहरे से, पहेलियाँ बुझाते हैं।
कभी इस पार्टी का,
कभी उस पार्टी का, गुणगान गाते हैं।
सुबह-शाम, दिन-रात,
ऊल-जलूल,
फिजूल नारों को गढ़ते हैं।
पार्टी के घोषणा पत्र,
ध्यान से देखते, चाव से पढ़ते हैं।
डॉक्टर बोला–''मैडम,
चिंता न कीजिए, परेशान न होइये।
अपने घर पर जाइए, घर जाकर,
बिल्कुल निश्चिंत हो सोइये।
आपके नेता पतिदेव को,
अभी 'टिकटोनिया' का
रोग हो गया है।
यह चुनावी फीवर है,
फीवर के कारण संतुलन खो गया है।
जैसे ही, उन्हें किसी भी
पार्टी का, चुनाव-टिकट
मिल जाएगा।
फीवर उतर जाएगा,
उनका बुझा चेहरा भी खिल जाएगा।
बस, टिकट मिलने में ही,
आपकी, उनकी और
सबकी भलाई है।
कोई भी पार्टी-टिकट,
मिलना ही, उनका उपचार,
दवाई है।''

‘अंतर’!! आत्मा!

भैयाजी के बंगले पर,
अंदर-बाहर चारों तरफ
डंडे-झंडे, पंडे-गुंडे, सजे थे।
भैयाजी हमेशा की तरह,
कुर्सी हथियाने, पाने के,
लंद-फंद, द्वंद के छंद में लगे थे।
उनके परंपरागत चमचे,
चचचों के चमचों के चमचे,
व्यर्थ में ही कीतिर्मान गा रहे थे।
स्वार्थी लगुए और भगुए
अपनी स्वार्थ सिद्वि के लिए
उनके मन को,
अहं को सहला रहे थे।
गठ-जोड़ का, जोड़-तोड़ का,
और तोड़-फोड़ का उनका,
पुराना पराक्रम, निरंतर चल रहा था।
कुछ ले-देकर कुछ दे-लेकर,
कुर्सी हथियाने, पाने को
उनका लोलुप अंतर्मन
मचल रहा था।
सत्ता-सुविधा का सुख पाना,
किसी तरह कुर्सी हथियाना,
एक ही लक्ष्य, एक ही काम था
छीनो-झपटो, लूटो-भागो,
गुंडों को लगुओं-भगुओं को,
उनका एक सूत्री यही पैगाम था।
मैंने भैयाजी से पूछा–
आपकी ‘पदलिप्सा’ की भूख,
शांत होती दिखाई नहीं देती है।
इस मोहक वातावरण में भी,
आपको ‘अंतर आत्मा’ की
मधुर आवाज़ सुनाई नहीं देती है?’’
भैयाजी झिझककर बोले–
‘अंतर आत्मा’ की आवाज़,
मन को विचलित करती है,
कहर ढाती है।
छल, कपट, प्रपंच-प्रसंग,
याद कर, जी घबराता है,
सारी सारी रात, नींद नहीं आती है।
इसी कारण हम जैसे लोग,
‘अंतर आत्मा’ आवाज़ को,
‘पदलिप्सा’ के शब्द भार से
ढँकते हैं।
कुटिल राजनीति करते रहें,
इसलिए ‘आत्मा’ शब्द से,
सुरक्षित ‘अंतर’ बनाए रखते हैं!!’’

कुल्हड़ का टेंडर!

गाँव से कुम्हार,
कुल्हड़ का टेंडर भरने,
रेल कार्यालय में आया।
दरवाज़े पर ही,
ऑफ़ि स के चपरासी ने,
उसे बुरी तरह हड़काया।
हड़काने के बाद,
उससे 'मटका' भेंट का,
सुनिश्चित आश्वासन लिया।
फिर कुम्हार को,
ऑफ़ि स में प्रवेश की,
अनुमति देकर उपकृत किया।
क्लर्क सुंदरी ने,
सुघड़ सुराहीदार गर्दन,
मुश्किल से हिलाई, डुलाई।
'सुराही' भेंट को,
सुनिश्चित कर, वह फाइल,
बाबू के पास पहुँचाई।
बाबू ने अपनी,
रेल मंत्री की भैंस के,
चारे की 'नाँद' की माँग की।
माँग मान लेने पर,
ऑफ़िसर से मिलने की,
उसे सुविधा और अनुमति दी।
अफसर ने पटाया–
'मेरे सरकारी घर के
आँगन की पावन मिट्टी है।
ज्ञानी कहते हैं–
'कुल्हड़ बनाने के लिए,
उपयुक्त है, बहुत अच्छी हैं।'
अगर चाहते हो,
ये कुल्हड़ के टेंडर को,
तुम जल्दी पास करवाना।
तो फिर आँगन की,
मिट्टी के दाम चुकाना,
ले जाना, कुल्हड़ बनाना।
आँगन की मिट्टी,
कुम्हार गाँव तक ढोकर,
ख़ून-पसीना बहा रहा है।
कुल्हड़ नहीं, 'मटका',
'सुराही', 'नाँद' बनाकर,
घर-ऑफ़ि स पहुँचा रहा है।
लगता है कुम्हार,
कुल्हड़ टेंडर करतब के,
फंदे में झूल जाएगा।
टेंडर पास होगा,
तब तक बेचारा, कुल्हड़
बनाना ही भूल जाएगा!

पापा कहते हैं...

भोला-भाला बच्चा,
अपनी स्कूल की राह जा रहा था।
राह में चलते-चलते,
मस्त फ़िल्मी गीत गुनगुना रहा था।
गीत का मुखड़ा था–
''पापा कहते हैं–बड़ा नाम करेगा।''
दूसरा टुकड़ा था–
''बेटा हमारा, ऐसा काम करेगा।''
मैंने उससे पूछा–
'तुम्हारा स्कूल जाना तो सही है।
पर तुम्हारे हाथ,
बिल्कुल ख़ाली हैं,
बस्ता भी नहीं है।''
उसने उत्तर दिया–
''बस्ता वजनदार, भारी है, बड़ा है।
पीछे मुड़कर देखो,
मेरे पापा की पीठ पर लदा है।
स्कूल की यूनिफार्म,
अन्य स्कूलों से अलग है, नई है।
मम्मी सुबह से ही,
पूरे बाज़ार में खोजने गई है।
घर-परिवार के लिए,
ये कटु अनुभव अनूठा है, नया है।
बेचारा बड़ा भाई,
टयूशन में नंबर लगाने गया है।
मेरी स्कूल का हाल,
बहुत बढ़िया है, मस्त मजेदार है।
अध्यापकों के सिर पर,
सदा लटकती शासन की तलवार है।
दिन भर अध्यापकगण,
दोपहर-भोजन सामान जुटाते हैं।
प्रधानाध्यापकजी,
सब्जी ख़रीदने बाज़ार जाते हैं।
पढ़ाई नहीं होती है,
मस्त खेलते हैं, नाचते, गाते हैं।
दोपहर में सब साथ,
बढ़िया, शानदार भोजन खाते हैं।
रोज सुबह इसी तरह,
सज सँवरकर, मैं स्कूल जाता हूँ।
शाम तक, नाच गाकर,
स्कूल से अपने घर लौट आता हूँ।
फिर भी पापा ख़ुश हैं,
सबसे कहते हैं–बड़ा नाम करेगा।
बड़ा नाम करेगा,
बेटा हमारा, ऐसा काम करेगा!''

गायब!!

एक विदेशी जादूगर,
'जादू-शो' दिखाने भारत वर्ष आया।
उसने विदेशी शैली का,
अपना प्रचार का तरीका अपनाया।
सभी समाचार-पत्रों में,
सुंदर, शानदार विज्ञापन छपवाए।
नगर, महानगर, डगर-डगर,
बढ़िया, बहुत बढ़िया
पोस्टर लगवाये।
खूब प्रचार करवाया–
''मैं 'जादू-शो' का हंगामा मचाऊँगा।
सबकी आँखों के सामने,
मैं स्वयं को ही
'गायब' करके दिखाऊँगा।''
खूब प्रचार-प्रसार किया,
परंतु जब एक भी दर्शक नहीं आया।
तो वह झल्लाया, भन्नाया,
और लोगों से कारण पता लगाया।
उत्तर मिला–''श्रीमानजी,
'गायब' होने की
जो आपकी कला है।
यहाँ ये रोज का खेल है,
प्रति दिन घटित होने वाला
सिलसिला है।
जैसे 'गायब' फ़िल्म बनती है,
थियेटर में शान से लगाई जाती है।
परंतु दर्शकों के अभाव में,
वह थियेटर से 'गायब' हो जाती है।
दागी केंद्रीय मंत्री,
सबसे मिलता-जुलता है,
बतियाता है।
परंतु वारंट निकलते ही,
न जाने कहाँ पर
'गायब' हो जाता है।
पाँच वर्ष में एक बार,
नेता आता है, वादे कर जाता है।
फिर कसमें वादे भूलकर,
पाँच वर्ष के लिए
'गायब' हो जाता है।
इस 'गायब' कलाबाजी से,
भोली जनता को, हर कोई छलता है।
न कर्मचारी, न अधिकारी,
ड्यूटी के समय, कुर्सी पर मिलता है।
श्रीमान, अनेक किस्से हैं,
कभी न खत्म होने वाला
सिलसिला है।
भूखी जनता परेशान हैं,
परंतु भोजन 'गायब' है,
नहीं मिला है।
उस विदेशी जादूगर का,
उस क्षण, रहा सहा
धीरज भी खो गया।
जब कारण बताते-बताते,
ये बतानेवाला ही 'गायब' हो गया!

हे ओलंपिक कर्णधार!

''हे ओलंपिक खेल,
महा-महोत्सव के,
आयोजक, संयोजक, कर्णधार।
कृपया स्वीकारें,
अभिवंदन, अभिनंदन
अभिवादन, नत मस्तक नमस्कार।
भविष्य में ओलंपिक,
आप जी चाहे जहाँ,
आयोजित, संयोजित करवाइये।
परंतु आग्रह है,
सारे स्वर्ण पदक,
भारतवर्ष को मिलने चाहिए।
क्योंकि इस देश का,
ग़रीब बेरोजगार,
निरंतर संघर्षरत नवजवान।
कल कारखानों में,
खेत-खलिहानों में,
कार्यरत मजदूर और किसान।
जिस आत्मशक्ति से,
महँगाई-दौड़ की,
स्पर्धाओं में दौड़ लगाता है।
उसे देखकर तो,
'विश्व तेज दौड़ाक-
चैम्पियन' का भी, जी घबराता है।
भय-भ्रष्टाचार के-
मगरमच्छ ताल में,
वह जिस खूबी से तैर लेता है।
उसके सामने तो,
कुशल 'विश्व तैराक' भी,
अपने घुटनों को टेक देता है।
दुःख, दर्द, कष्ट का,
अति असहनीय भार,
जिस तरह हँसकर उठा लेता है।
भारोत्तोलन का,
'विश्व चैम्पियन' भी,
उसे देखकर, दम तोड़ देता है।
जिस देश का निवासी,
हर दुःख, दर्द, कष्ट,
खेल भावना से झेल लेता है।
भूखा-नंगा रहकर,
जीवन का हर खेल,
जो हँसते-गाते, खेल लेता है।
हे ओलंपिक खेल-
महोत्सव कर्णधार,
अब आप ही कृपया बताइए।
ओलंपिक खेल में,
स्वर्ण पदक के लिए,
और कौन से 'विशेष' गुण चाहिए!''

अवतार से इन्कार!

भक्त ने निवेदन किया–
''हे माँ दुर्गा, हे माँ भगवती,
धरा कष्ट-मुक्ति के लिए
अवतार लिया।
जब ये पावन वसुंधरा,
असुर-आतंक से
पीड़ित थी,
तब क्रूर कुटिल महिषासुर
संहार किया।
परंतु हे माँ भगवती,
अब, जब वही तेरी वसुंधरा,
असुर-आतंक से पीड़ित,
आह भरती है।
तब माँ दुर्गा, तू फिर से,
वसुंधरा पर अवतरित होकर,
असुरों का संहार
क्यों नहीं करती है?''
माँ ने उत्तर दिया–''हे भक्त,
तेरा निवेदन, प्रतिवेदन,
है बिल्कुल सच्चा,
सटीक, सार्थक, सही।
परंतु अब ये वसुंधरा,
भव्य अतीत काल के समान,
शुभ पवित्र-पावन,
मन भावन नहीं रही।
जब मैं अवतरित हुई थी,
तब वह सुखद स्वर्ण काल था,
वसुंधरा शुभ पवित्र,
अत्यंत पावन थी।
ऋषियों की तपस्थली,
ऋषि मंत्रों के गुंजन से,
गुंजित गगन था,
वसुंधरा मनभावन थी।
सभी ऋषि-मुनि, सुर-नर,
मेरे पास, मेरे साथ थे,
मेरे साथ उनका समर्थन,
विश्वास था।
असुरों के संहार का,
सामूहिक दृढ़ संकल्प था,
सबका अतुल आत्मबल
मेरे पास था।
पर अब एक नहीं, अनेक
क्रूर असुरों का आतंक है,
चारों तरफ छल-कपट का
साम्राज्य है।
सभी सत्पुरुष घरों में,
नपुंसक की तरह बैठे हैं,
स्वयं भयभीत प्रशासन है, राज्य है।
मैं नपुंसक कायरों का,
कभी समर्थन नहीं करूँगी,
न अपनी शक्ति,
न अपना सहयोग दूँगी।
आत्मबल हीन जन के,
अपावन दुराचरण से दूषित,
प्रदूषित धरा पर,
अवतार नहीं लूँगी।''

मॉडर्न प्रेम प्रसंग!

मॉडर्न प्रेमी-प्रेमिका,
'वेलेंटाइन डे' पर मिले,
तो छिड़े मॉडर्न स्टाइल–
प्रेम निवेदन के सिलसिले–
प्रेमिका बोली–''प्रिय, मैं
हर इम्तहान दे सकती हूँ,
तुम कहो तो तुम्हारे लिए,
अपनी जान दे सकती हूँ,
तुम जब चाहो तब,
मेरे घर आना,
जब चाहो तब जाना,
परंतु रात-अंधेरे में,
मुझे कभी भी नहीं बुलाना।
वैसे तो, मैं तुम पर अपनी,
जान न्यौछावर करती हूँ।
पर अंधेरे में, कुत्तों के
भौंकने से बहुत डरती हूँ।
हाँ, कल मेरा जन्मदिन है,
तुम मिलने के लिए आना।
साथ में पौधे से तोड़कर,
गुलाब का फूल भी लाना।''
प्रेमी बोला–''तुम कहो तो,
मैं सितारे तोड़कर ला दूँ।
कहो तो, मैं अभी इसी वक्त,
समंदर में छलांग लगा दूँ।
परंतु कल मिलने के लिए,
प्रिये, मैं नहीं आऊँगा।
कल बरसात संभावित है,
पानी में भीग जाऊँगा।
बरसात में यों भीगने से,
मेरा तन-मन घबराता है।
क्योंकि पानी में भीगते ही,
मुझको जुकाम हो जाता है।
और हाँ, पौधे से तोड़कर,
गुलाब के फूल को लाना
कठिन काम है, मेरी प्रिये,
मेरे हमदम, जानेजाना।
वैसे तो, मैं तुम पर अपनी,
जान न्यौछावर करता हूँ।
परंतु गुलाब के पौधे के–
शूल की चुभन से डरता हूँ।''
''धन्य है, जो जान-न्यौछावर
करने का ढोंग रचते हैं।
पर कुत्ते के भौंकने, जुकाम,
शूल से डरते हैं, बचते हैं!''

भक्ति रहस्य!

पार्वतीजी ने,
पुलकित होकर शिवजी से कहा–
''भक्ति, नित नया रूप-रंग
गढ़ रही है।
मैं देख रही हूँ,
आपके भक्तों की संख्या,
निरंतर तीव्र गति से बढ़ रही है।
भारत की जनता,
लंगोटी वस्त्र धारण कर,
जंगल जाकर, कंद-मूल खा रही है।
धूनी रमाकर,
शरीर में भभूत लगाकर,
भंग-बूटी का नशा चढ़ा रही है।''
भोलेनाथ बोले–
''देवी, यह परिवर्तन देखकर,
व्यर्थ भाव सागर में नहीं बहना।
धूनी, भभूति,
लंगोटी वाली जनता को
देखकर, किसी भ्रम में नहीं रहना।
देवी, भारत में,
जब भी सरकार बदलती है,
और वह अपना नया बजट लाती है।
बजट के आते ही,
मेरे भक्तों की संख्या में,
इसी तरह, कुछ वृद्धि हो जाती है।
संख्या वृद्धि का,
मेरे प्रति श्रद्धा भाव से,
न कोई संबंध है, न ही नाता है।
बजट प्रभाव से,
बाज़ार में हलचल होती है,
आवश्यक वस्तु का
दाम बढ़ जाता है।
दाम के बढ़ते ही,
लोग, लंगोटी धारण करने,
भभूत लगाने, विवश हो जाते हैं।
कंद-मूल खाते,
भंग-बूटी का नशा चढ़ाते,
बजट-प्रावधानों में खो जाते हैं।
बजट के आते ही,
जीवन की सुख-सुविधाओं से,
वंचित होना, बजट-बलिहारी है।
मेरी शरण आना,
ये जीवन शैली अपनाना,
भक्ति भावना नहीं है, लाचारी है।''

गजब गठबंधन!

राजनीति छात्र ने पूछा–
'सर, केन्द्र में ये कैसा गठबंधन है?
जिसमें हर घटक दल घिस रहा,
जनता की छाती पर
फुकट का चंदन है।
सभी सहयोगी पार्टियाँ, दल,
समर्थन-स्वागत में बजाते ताली हैं।
और फिर चौक में, बाज़ार में,
सरकार को देते जी भर गाली हैं।
जब मतभेद हैं, मनभेद हैं,
परस्पर फूटी आँख नहीं सुहाते हैं।
तो गठबंधन के बंधन से,
ये दल, अलग क्यों नहीं हो जाते हैं?
गुरुजी ने उत्तर दिया–शिष्य,
मैं जानता हूँ, तुम पढ़ाई में अच्छे हो।
पर गठबंधन-राजनीति की,
कुटिल-कला समझने में
अभी कच्चे हो।
कहानी सुनी होगी–'गाँव में,
अंधा और लंगड़ा साथ में रहते थे।
जब भी उन्हें अवसर मिलता,
एक दूसरे को बुरा-भला कहते थे।'
एक दिन गाँव में आग लगी,
उन्हें कोई भी बचाने नहीं आया।
तो फिर विवश होकर अंधे ने,
लंगड़े को अपने कंधे पर बिठाया।
गठबंधन ने जान बचाई,
सोचकर गले मिले,
विहंसे, खिलखिलाए।
पर राहत की साँस लेते ही,
अपनी असली औकात पर
उतर आए।
अंधे ने लंगड़े से कहा–
'अगर मैं तुझे कंधे पर नहीं बिठाता।
तो तू गाँव में ही, आग में,
झुलसता, चीखता-चिल्लाता,
मर जाता।'
लंगड़ा चिढ़कर बोला–अंधे,
मैं निकलने का रास्ता नहीं बताता।
तो तू वहीं पर जलता, मरता,
तेरी लाश का भी
पता नहीं चल पाता!'
गठबंधन-राजनीति यही है,
आग लगने पर सब साथ हो जाते हैं।
आग बुझने, जान बचने पर,
गालियाँ देते हैं, गालियाँ खाते हैं।
इस देश में जब से चला है,
गठबंधन की राजनीति का
गोरखधंधा।
'विकास' हो गया है 'लंगड़ा',
और देश का 'भविष्य' हो गया है
'अंधा'!'

'झूठ' का 'सच'!

प्रेमिका ने शिकायत की–
''प्रिय, तुम जब भी
अपना मुँह खोलते हो।
जाने क्या मजबूरी है,
झूठ, झूठ, केवल झूठ ही बोलते हो!
उस दिन, तुमने मुझसे कहा–
आसमान साफ़ रहेगा, मिलने आना।
खुले स्वच्छ गगन के तले,
हम-तुम, गुनगुनाएँगे-प्रेम का तराना।
परंतु अपने मिलन स्थान पर,
पहुँचते ही, हो गई भारी बरसात।
बादलों में छुप गया गगन,
दिन में लगा, जैसे हो अंधेरी रात।
भारी बरसात में बह गया,
प्रणय का तराना, गाना-गुनगुनाना।
तुम्हारा साथ छूट गया,
कहीं नहीं था,
सिर छुपाने का ठिकाना।
फिर दूसरे दिन, तुमने कहा–
'कल होगी,
बहुत भारी-भीषण बरसात।
बादलों से ढँकेगा गगन,
दिन लगेगा, जैसे हो अंधेरी रात।
कल तुम न आना, न बुलाना,
संभव नहीं है, छेड़े प्रेम तराना।
अपने ही घर में बैठकर,
विरह का गीत गाना,
मन को समझाना।'
जिस दिन भारी बरसात कहा,
उस दिन, आसमान साफ़ रहा,
धूप खिली।
झूम उठे, धरा-आसमान,
गाँव-गाँव, गली-गली,
शीतल हवा चली।
इस तरह से एक-दो नहीं,
तुम्हारे झूठ के हैं, कई उदाहरण।
सोचती, पर नहीं समझती,
सदा झूठ बोलने का, क्या है कारण?
कारण बताओ, समझाओ,
कैसी विवशता है, क्या मजबूरी है।
क्या अपनी प्रेमिका से,
इस तरह से, झूठ बोलता ज़रूरी है।'
प्रेमी बोला–'प्रियतमे,
मैं 'मौसम विभाग' में काम करता हूँ।
जहाँ 'सच' बोलना मना है,
इसलिए 'सच' बोलने से डरता हूँ।
क्या करूँ, कैसे समझाऊँ,
मेरी सर्विस की विवशता,
मजबूरी है।
मेरा 'विभाग' ही ऐसा है,
जहाँ हर पल, 'झूठ' बोलना
ज़रूरी है!'

छद्म भक्ति छलावा!

मैंने गणेशजी से पूछा–
''आप हर वर्ष
भारत में आते हैं।
भक्तगण पूजन करते हैं,
भक्ति भावना से शीष नवाते हैं।
आप विघ्न हरण करते हैं,
भक्त, विघ्न मुक्ति की
कामना करते हैं।
मंडप में प्रतिष्ठित करके,
विघ्न मुक्ति की,
भक्त आस धरते हैं।
फिर भी भारत वर्ष के विघ्न-
'भुखमरी, दरिद्रता, बेरोजगारी।
भारत-विकास में विघ्न बनी,
भीषण भ्रष्टाचार की महामारी।
न जाने क्यों, ये विघ्न,
भारत का पीछा नहीं छोड़ते हैं।
जबकि आप विघ्नहरता के,
भक्त पाँव पड़ते, हाथ जोड़ते हैं।''
सुनकर, गणेशजी ने कहा–
''बात सही है कि मैं हूँ–
'विघ्नहर्ता'।
परंतु मेरे विघ्न हरण में,
बाधक हैं–
कुछ छद्म भक्त 'विघ्नकर्ता'।
मैं विघ्न हरने आता हूँ,
ये दस दिन मुझे बंद कर देते हैं।
मेरे नाम से धन लेकर
प्राप्त धन से, ये मजे लेते हैं।
भजन-कीर्तन के नाम पर,
अश्लील फ़िल्मी गाने बजाते हैं।
नृत्य प्रदर्शन के नाम,
व्यर्थ में ही कूल्हे मटकाते हैं।
आवाज़ के प्रदूषण में,
मेरी आवाज़, ये नहीं सुनते हैं।
न किसी को सुनने देते हैं,
न ही भक्ति के मर्म को, ये गुनते हैं।
भुलावे में भुला देते हैं,
भुखमरी, दरिद्रता, बेरोजगारी।
छद्म भक्ति के छलावे में,
मुँह छिपा लेते हैं–भ्रष्टाचारी।
मुझे दस दिनों के बाद में,
विसर्जन के बहाने, बहा देते हैं।
और पाप करने के लिए,
छद्म भक्ति की गंगा नहा लेते हैं।
छद्म भक्ति का कुटिल क्रम,
भारतवर्ष में निरंतर चलता है।
सच्चे भक्तों के विघ्नों को,
हरने का अवसर ही
नहीं मिलता है।''

नूतन वर्ष

क्या कहा, आ गया
मन को लुभा गया
ये नूतन वर्ष है।
पर जरा सम्हलना
सम्हलकर चलना
ये भारत वर्ष है।।

(1)

डॉक्टर की नज़र में
मरीज का मर्ज नहीं,
मरीज का पर्स है।
मरीज की नज़र में
डॉक्टर की दवा नहीं,
खूबसूरत नर्स है।
आँखों में हर्ष है।
ये भारत वर्ष है।।

(2)

आगे-आगे गुंडा है,
और पीछे-पीछे
पुलिस का डंडा है।
पता नहीं चलता
पुलिस जी कौन है,
और कौन गुंडा है।
कैसा अपकर्ष है?
ये भारत वर्ष है।।

(3)

फादर हैं, मौलवी हैं,
संतों-महंतों की
जगह-जगह बस्ती है।
फिर भी पता नहीं,
क्यों दूध यहाँ महँगा
और शराब सस्ती है।
ऊँचा आदर्श है।
ये भारत वर्ष है।।

(4)

शासन के हाथ में
क़ानून की चाभी है,
न्याय का ताला है।
परंतु हर गाँव-गली
चल रहा, पल रहा,
घृणित घोटाला है।
पग-पग अपकर्ष है।
ये भारत वर्ष है।।

भूकंप? विकल्प!

सहज-सरल माँ-बाप का बेटा–
जिसका प्यार का नाम पप्पू था।
वह स्वभाव में बदतमीज, बदमाश,
व्यवहार में उड़ानटप्पू था।
अड़ोसी-पड़ोसी की खिड़की के
खुबसूरत काँच तोड़ देता था।
बेचारे राह चलते लोगों की
यों ही, खोपड़ी फोड़ देता था।
माँ-बाप और नगर निवासी
सब उससे पीड़ित-परेशान थे।
उसकी इन करतूतों से सबके
अघर में अटके हुए प्राण थे।
एक दिन, भूकंप-संभावना की
नगर में, जैसे ही ख़बर आई।
तो नगर निवासी भयभीत हुए,
सबकी तबीयत बहुत घबराई।
सहज-सरल माँ-बाप ने किसी तरह
भूकंप-भय मन में सहेज लिया।
सुरक्षा की दृष्टि से, पप्पू को
दूर नाना के गाँव भेज दिया।

चिटठी लिखी–'पप्पू के नाना,
यहाँ है भूकंप की संभावना।
पप्पू को वहाँ भेज रहे हैं,
जरा उसे सहेजना, सम्हालना।'
उड़ानटप्पू पप्पू ने गाँव में
जाते ही अपने करतब दिखाए।
नाना-नानी परेशान हुए
गाँव वाले बुरी तरह घबराए।
क्योंकि पप्पू रोज एक झंझट,
कुछ न कुछ खुराफात करने लगा।
हर गाँव वाला उससे कतराने,
कुटिल करतूतों से डरने लगा।
जब पानी सिर पर चढ़ने लगा
तो गाँव ने पंचायत बिठाई।
पंचायत ने पप्पू के नगर
पप्पू के हाथ, चिट्ठी भिजवाई।
लिखा–'आप अपने उड़ानटप्पू
प्रिय पप्पू को सहेज लीजिए!
बदले में चाहें तो भूकंभ को
हमारे गाँव में भेज दीजिए!!'

अनेक राम चाहिए!

नगर का मैदान
विस्तृत था, विशाल था, बड़ा था।
बीच मैदान में
रावण का भव्य पुतला खड़ा था।
उत्सवी भीड़
कर रही थी हास-परिहास।
अचानक गूँजी
रावण के अट्टहास की आवाज़।
मैंने पूछा–'रावण,
पता है, तुझे तुरंत मरना है।
भगवान राम को
अभी तेरा संहार करना है।
फिर भी तू मस्त
उन्मुक्त अट्टहास कर रहा है।
आसन्न मृत्यु से
तू बिल्कुल भी नहीं डर रहा है?'
वह हँसकर बोला–
'मुझे इस बात की बेहद ख़ुशी है।
कि विश्व भर में
मेरे वंशजों की धूम मची है,
ये मेरे लिए सुख-आनंद के,
ख़ुशी के क्षण हैं।
विश्व भर में
अब एक नहीं, अनेक रावण हैं।
ये मेरे वंशज
मुझसे भी चार क़दम आगे हैं।
इनके भयंकर
और भीषण ख़ूनी इरादे हैं।
ये मुझसे ज़्यादा
क्रूर हैं, कठोर-कुत्सित कुटिल हैं।
इनके युद्ध तंत्र
और षड़यंत्र, कठिन हैं, जटिल हैं।
निर्जीव पुतले के
दहन की शूरता मत दिखाइये।
जाइए, रामजी को
वास्तविक युद्ध-स्थिति बताइए।
विजयादशमी की
ये शुभ घड़ी है, शुभ महूरत है।
अब रामजी के
नित नए अवतार की ज़रूरत है।
रावण ही रावण हैं,
यदि उनका काम तमाम चाहिए!
तो अब विश्व को
एक नहीं अनेक 'राम' चाहिए'!!

साँप?

(1)

भैया ने चमचे से
प्रश्न किया–
''आजकल
दिखते नहीं साँप हैं?''
उत्तर मिला–
''सर, दर्पण देखिए,
सबसे बड़े साँप,
तो स्वयं आप हैं।''

(2)

मैंने एक
ज़हरीले साँप से पूछा–
''सुना है,
तुम्हारे परिवार का ज़हर
प्रयोगशालाओं में
दवाई बनाने के
काम में आता है?'
उत्तर मिला–
'अब बात उल्टी है,
आजकल मेरा परिवार
ज़हर की कमी
पूरी करने के लिए,
बाज़ार में मिल रही
नकली दवाइयाँ खाता है!'

(3)

मित्र ने कहा–
''मेरा प्रस्ताव सहज है,
सरल है, सीधा-सादा है।
साँपों के बीच
कुछ दिन रहकर
रिकार्ड बनाने का इरादा है।
परेशानी यह है–
इतने साँप एक साथ
मैं कहाँ, पर पाऊँगा?
अगर मैं जंगल में
साँप खोजने भटकूँगा,
तो स्वयं भटक जाऊँगा!'
मैंने कहा–''मित्र,
अगर तुझे चाहिए,
साँपों का एकत्र ठिकाना
तो ऐसा करना,
कुछ दिन के लिए
'संसन-भवन' चले जाना!'

विवाहित पति चाहिए!

एक प्रसिद्ध अभिनेत्री ने
विवाह के लिए विज्ञापन छपवाया।
पढ़कर लोगों को
बड़ा मज़ा आया!
विज्ञापन था–
'एक ऐसा विवाहित पति चाहिए
जो पूरी तरह उदास हो।
पत्नी-पीड़ा का
गहरा अनुभव जिसके पास हो।
जो पत्नी की हर बात माने
कभी न करे बहाने,
पत्नी-पीड़ा को सहे
किसी से कुछ न कहे...।'
एक पत्रकार ने पूछा–
'आप विवाहित को ही
क्यों चुनना चाहती हैं?
किसी विवाहित के
अधिकार को
अपने प्यार के धागे में
क्यों बुनना चाहती है?'
उत्तर मिला–
'मैं ऐसा पति चाहती हूँ
जो आम पतियों से एक़दम जुदा हो,
सौ प्रतिशत शादीशुदा हो!
विवाहित पतियों से
विवाह करने वाली
अभिनेत्रियों का अनुभव
यह बताता है।
कि पूर्व विवाहित पति
नव विवाहित के सामने
निरंतर दुम हिलाता है।
ऐसा पति
अन्य कुँवारियों के लिए
बिल्कुल फालतू होता है।
नई नवोढ़ा के सामने
नतमस्तक नमन करे
इतना पालतू होता है!
वैसे भी फ़िल्म इंडस्ट्री में
विवाहित पति से
विवाह करने की
नई हवा चली है!
मुझे भी उन्हीं से
यह प्रेरणा मिली है!!'

हे गणेश जी

(1)

''हे गणेश जी,
आपका ये चूहा
आपकी गरिमा को
सूली पर टाँगता है।
दर्शन के लिए
आने वाले भक्त से
रोज 'रिश्वत' में
वह मोदक माँगता है।''
उत्तर मिला–''भक्त,
तुम्हें पता नहीं है
यह सरकारी तंत्र,
षड़यंत्र की माया है।
ये चूहा यहाँ
अवश्य ही किसी
सरकारी दफ्तर से
'डेपुरेशन' पर आया है।।''

(2)

''हे गणेश जी,
आपकी हालत देखकर
मेरा तन-मन रो रहा है।
आप दुबले
और आपका चूहा
बढ़िया मोटा हो रहा है।''
गणेशजी बोले–
''तुम्हें पता नहीं है,
ये चूहा कलयुग का है।
ये सब कुछ
छल, कपट, घोटाला
इस माडर्न छलयुग का है।
छलयुग के
चमचों की तरह
चूहा करतब दिखाता है।
चढ़ावे में
चढ़ने वाले मोदक
चूहा ही चाट जाता है।
परिणाम है
मेरे ही मोदक का
मुझे ही टोटा हो रहा है।
दिन पर दिन
मैं दुबला हो रहा हूँ
और ये मोटा हो रहा है।''

अनोखा तर्पण!

मैंने पंडितजी को
श्राद्ध-तर्पण के लिए बुलवाया।
और उनके हाथ में
तर्पण-अर्पण सूची को थमाया।
तर्पण सूची को देखकर
पूर्व परिचित पंडितजी चकराए।
विचित्र नामावली का
वे आशय, अर्थ समझ नहीं पाए।
बोले—आज के दिन
मृत पूर्वजों को तर्पण देते हैं।
श्राद्ध करते हैं,
शीष झुकाते हैं, आशीष लेते हैं।
परंतु लगता है,
यजमान, आपकी मति भरमाई है।
जो मुझे अपने
ये कुकर्मियों की सूची थमाई है।
इसमें वीरप्पन,
अबु सलेम, लादेन जैसों के नाम हैं।
जो कुकृत्यों से
भारत ही नहीं, विश्व में बदनाम हैं।''
मैंने कहा—''पंडितजी,
आपकी बात सौ प्रतिशत सही है।
परंतु पूर्वजों को
तर्पण की मेरी इच्छा नहीं है।
क्योंकि पता है
उन्होंने जीवन भर सुकर्म ही किए।
और हमें हमेशा
अपने शुभ-मंगल नेह आशीष दिए।
उनको लेकर
कोई दुविधा नहीं, मेरे मन में है।
क्योंकि पता है
उनकी आत्मा, ईश्वर शरण में है।
इन कुकर्मियों का
मुझे श्राद्ध करना, तर्पण देना है।
इन दुष्टात्माओं से
पीछा छुड़ाना है, बदला लेना है।
इसलिए ये सूची मैंने
आपके हाथ में थमाई है।
इन दुष्टात्माओं की
मुझे करवानी, विश्व से बिदाई है।
परंम पूज्य पंडितजी,
इनका ऐसा श्राद्ध तर्पण कीजिए!
कि इन दुष्टात्माओं को,
ब्रह्मांड से ही विदा कर दीजिए!!''

कार्यालय का क्रिकेट

(1)

कहाँ है चपरासी?
जी वह तो बरामदे में बैठकर
क्रिकेट के नाम पर ले रहा है उबासी।
उसके उबासी-उद्रेक को
कृपया गलती से भी मत तोड़िये।
ज़रूरी हो, तो 'पाँच' रूपए का,
नोट थमाकर, नेह-नाता जोड़िए।

(2)

कहाँ है बाबू?
उन पर नहीं है, किसी का भी काबू!
यह सच है कि
उनके टेबल पर,
ढ़ेर सारे काग़ज़ पड़े हैं।
परंतु वे जनाब,
क्रिकेट-कथा सुनने,
पान-ठेले पर खड़े हैं।
उनके पास जाइए,
पास जाकर,
उन्हें अपने विश्वास में लीजिए।
और पान लपेटने के लिए
कम से कम, 'पाँच-पाँच' के,
पाँच नोट तो दीजिए।

(3)

हेड क्लर्क कहाँ है?
जी, आप भी सिरफिरे हैं।
देखते नहीं,
वे फाइलों से घिरे हैं।
बुढ़ापे की बूढ़ी 'पिच' पर
क्रिकेट का बॉल फेंक रहे हैं।
साथ ही, अपनी पेंशन का
हिसाब-किताब देख रहे हैं।
काम करवाना हो,
तो आप तत्काल एक काम कीजिए।
उनके पेंशन राशि में
'पचास' रूपए का नोट बढ़ा दीजिए।

(4)

अफसर कहाँ है?
आप यहाँ अपने सिर धुन रहे हैं।
और वे आराम से बैठकर
क्रिकेट-कमेंटरी सुन रहे हैं।
ध्यान रहे,
वे कम 'स्कोर' वालों से
बुरी तरह चिढ़ते हैं, इसलिए
'सेंचुरी' से कम पर तो
बात नहीं करते हैं।
जरा धैर्य से काम लीजिए।
सेवा में, 'सौ' का नोट दीजिए।

दिल माँगे मोर!

चुस्त दुरूस्त दादाजी ने
दुर्बल जवान पोते को
अपने पास में बुलाया।
उसे पास में बिठाकर
बहुत प्यार से, दुलार से,
विस्तार से समझाया–
''बेटे, तुम कुल 'दीपक' हो,
पूरे घर परिवार को,
हम सबको तुम पर गर्व है।
तुम्हें यह भी पता है,
आज पावन मन भावन
दीपावली का पर्व है।
इसलिए 'विशुद्ध' घी के
दादा के हाथ के बने
चार-आठ लडडू खा लो।
फिर गाय का दूध पियो
'अमृत' रस का पान करो,
सेहत को चुस्त बना लो।
तुम हमेशा 'गरल' भरा
'शीत पेय' पीकर झूमते,
इठलाते, इतराते हो।
सब जानते, समझते हो,
फिर पैसा, सेहत क्यों,
व्यर्थ में गँवाते हो?''
उत्तर मिला–''दादाजी,
मैं शिक्षित नवयुवक हूँ,
सब समझता, जानता हूँ।
सुघड़ स्वास्थ्य के लिए
क्या खाना, क्या पीना,
मैं खूब पहचानता हूँ।
परंतु 'शीत पेय' पीकर
सींकिया फ़िल्मी हीरो
जब मस्ती में झूमता है।
जब उसकी मार खाकर
गुंडों का पूरा गिरोह
उसके चरण चूमता है।
और जब मेरा फेवरेट
विज्ञापन धुन गाता है।
'शीत पेय' गटकते ही
अन्य सभी खिलाड़ियों को
धरा की धूल चटाता है
दादाजी, जब मैं अपने
विचार, विवेक, ज्ञान को,
सूली पर टाँग देता हूँ।
'दिल माँगे मोर' वाली
आवाज़ के गूँजते ही,
'शीत पेय' माँग लेता हूँ।
दादाजी, आपकी बात
सोलह आने सही है,
अच्छी तरह समझती है,
मन को भी बहुत जँचती है।
परंतु इस पीढ़ी ने सदा
'अशुद्ध' खाया-पिया है,
इसलिए अब 'विशुद्ध' चीज़,
न जँचती है, न पचती है!''

अथ मूषकाय नमः

माननीय मूषकजी
आपको मेरा नमस्कार है।
लगता है आप
साहित्य के हितैषी हैं।
आलोचक की तरह
प्रखर छिद्रान्वेषी हैं।
शायद इसी कारण
आप किसी से भी
नहीं डरते हैं।
रचना कैसी भी हो
आप अवश्य ही
उसे कुतरते हैं।
साहित्य-साधकों के
हे रस-चूषकजी!
माननीय मूषकजी!
आपको मेरा नमस्कार है।
आप साफ-सुथरी व्यवस्था में
इस ख़ूबी से
'बिल' बनाते हैं।
कि भ्रष्ट अधिकारी भी
चौंक जाते हैं।
बैठे-ठाले
झूठे बिल बनाने की कला के
आप मर्मज्ञ हैं।
आप मंत्रीजी की तरह
सर्वज्ञानी हैं, सर्वज्ञ हैं।
हे वायु-प्रदूषकजी!
माननीय मूषकजी!
आपको मेरा नमस्कार है।
आप अपनी
नन्ही-सी पीठ पर
भारी-भरकम
गणपति को ढोते हैं।
वैसे आपके नाम से
गणेशजी बहुत रोते हैं।
क्योंकि उनके मोदक आप
इस कुशलता से पचा जाते हैं।
और 'गणपति'
बस ताकते रह जाते हैं।
हमारे गणराज्य के
हे चर्चित विदूषकजी!
माननीय मूषकजी!
आपको मेरा नमस्कार है।

नव नामकरण!

मेरा परममित्र
बहुत दिन बाद मिला।
तो चल निकला
बातों का सिलसिला।
उसने बताया–
''शानदार घर द्वार है।
फोन, फ्रीज, टी.वी.1,
और बढ़िया कार है।
काम धंधा, कारोबार भी
बहुत अच्छा चलता है।
सुंदर, सुशील पत्नी का
खूब सहयोग मिलता है।
एक लड़का, एक लड़की है,
पर बात मन में गड़ती है।
क्योंकि उन दोनों की
लंबाई नहीं बढ़ती है!
डॉक्टर, वैद्य, हकीम,
सबसे इलाज करवाया।
परंतु उन दोनों का
कद नहीं बढ़ पाया।
गाँव-गली भटकने से
कम हो गई मेरी लंबाई।
परंतु मेरे बच्चों की
लंबाई नहीं बढ़ पाई।
मेरा मन दिन रात
इस पीड़ा को ढ़ोता है।
बौना कद देखकर
भावुक मन रोता है।''
मैंने कहा–''मित्र,
पीड़ित मन के लिए
मेरे मन में खेद है।
परंतु कोई इलाज नहीं है,
इस पर मतभेद है।
तू जिस बात से
दुःखी, पीड़ित, नाराज है।
उसका मेरे पास
एक शर्तिया इलाज है।
चाहे तो तू भी
उसका स्वाद चख ले।
लड़के का 'भ्रष्टाचार'
और लड़की का नाम
'महँगाई' रख दे!!''

मार्च एंडिंग!

(1)

कर्ज वितरण अधिकारी,
किसान के द्वार पर आया।
उसे अपने द्वार पर देख,
बेचारा किसान चकराया।
बोला–''बार-बार आपका,
मैंने द्वार खटखटाया।
पर 'लेन-देन' अभाव में,
ख़ाली हाथ लौट कर आया।''
अधिकारी बोला–''किसानजी,
भूल हुई, माफ कर दीजिए।
'लेन-देन' बाद में करना,
कर्ज की राशि ले लीजिए।
किसान-कर्ज विवरण की राशि,
वर्ष भर से पेंडिंग है!
खर्च करना मजबूरी है,
क्योंकि 'मार्च' एंडिंग है!!''

(2)

बाँध-काम विभाग अफसर,
ठेकेदार-घर पर आया।
अफसर को देख, व्यंग्य से
वह मंद-मंद मुस्कुराया।
बोला–''आपके 'दरबार' में,
बार-बार गुहार लगाई।
बिल की फाइल 'वजन' बिना,
वर्ष भर सरक नहीं पाई।''
अफसर बोला–''आदरणीय,
अब कृपा-दृष्टि डालिए।
लीजिए, बिल का धनादेश,
अपने हाथ में सम्हालिए।
'वजन' बाद में रख देना,

बाँध-काम राशि पेंडिंग है!
भुगतान बहुत ज़रूरी है,
क्योंकि 'मार्च' एंडिंग है!!''

(3)

यह सच है कि सरकार और
अधिकारी, अब परेशान हैं,
क्योंकि 'मार्च' एंडिंग है!
फिर भी भूख, बेकारी की
फाइल, पहले भी पेंडिंग थी
और आज भी पेंडिंग है!!

'शीत' सत्र!

संसद के सामने खड़े,
भूखे-नंगे ग़रीब लोग,
दिल्ली की थंड में
थर-थर काँप रहे थे।
इन भूखों और नंगों में,
विपक्षी दल के नेता गण,
वाद-विवाद की संभावना
भाँप रहे थे।
संसद में घुसने के साथ,
विपक्षी दल के नेता ने,
सत्ता पक्ष पर घनघोर आरोप लगाए–
'संसद के सामने खड़े,
भूखे-नंगे ग़रीब लोग,
अंधी सत्ता को क्यों नज़र नहीं आए?
हमारा ये आरोप है–
आपकी अंधी आँखों पर,
सत्ता के मद का
रूपहला परदा पड़ा है।
आपको क्यों नहीं दिखता,
देश का ये आम आदमी,
संसद के सामने
भूखा-नंगा खड़ा है?''
विपक्षी आरोप सुनकर,
सत्तापक्ष के कर्णधार,
पहले कुछ देर
तिलमिलाए, अचकचाए।
फिर ज़रा-सा सम्हलते ही,
सत्तापक्षीय अंदाज़ में,
वे अपने तेवर दिखाने पर उतर आए।
बिफरे, चीखे, चिल्लाए–
''जब आप सत्ता में थे,
तब आपने इन लोगों के लिए
क्या किया?
किस भूखे को आपने,
भरपेट खाना खिलाया,
किस नंगे को आपने
कपड़ा पहना दिया?''
आरोप-प्रत्यारोप की
चीख और चिल्लाहट में,
'शीत' सत्र का
वातावरण 'गरमा' गया।
बाहर खड़ा भूखा-नंगा,
सांसदों की बहस सुनकर,
भ्रमित हुआ,
उसका भोला मन भरमा गया।
इधर गरम वस्त्र पहने,
भरे पेट संसद सदस्य,
'शीत' सत्र 'गरमाने' की
ख़ुशी मना रहे थे।
उधर बाहर प्रतीक्षित,
भूखे-नंगे ग़रीब लोग,
थंड में ठिठुर रहे थे,
आँसू बहा रहे थे!

प्रदूषण-उत्पादक यंत्र!

भैयाजी, हार के बाद,
आप कुरसी विहीन होकर,
व्यर्थ में ही,
इधर-उधर भाग रहे हैं।
जबकि आप पर विरोधी दल
सुबह और शाम, दिन और रात,
'आरोप-तोप' के गोले दाग रहे हैं।
आप पर आरोप है—
आपने आम के साथ-साथ,
आम आदमी का रस भी
चूस लिया था।
उसको प्राप्य संक्षिप्त,
सुख-सुविधा की गठरी को भी,
परम पराक्रमी पेट में ठूँस लिया था।
कृपया हमें बताएँ,
इतने घोटालों का दूषण,
आप अपने पेट में कैसे पचाते हैं?
दूषण को पचाते हैं,
प्रदूषण को फैलाते हैं,
फिर भी आप
कैसे मस्त मुस्कुराते हैं?
भैयाजी बोले—"बचुआ,
हमारे पराक्रमी पेट में,
छिपी अद्‌भुत अनंत संभावनाएँ हैं।
हमने हमारे पेट में,
कई अनूठे दूषण-पाचक,
प्रदूषण-उत्पादक
यंत्र लगाए हैं।
हमारे पापी पेट में,
तुम्हें सब कुछ मिल जाएगा—
जल-जंगल-ज़मीन,
गिट्टी-मिट्टी, पहाड़।
मूक पशुओं का चारा,
यूरिया, कोयला-कोलतार,
कूड़ा-कर्कट,
झाड-झंखाड़ और कबाड़।
खाद्य हो या अखाद्य,
सभी पदार्थ भाते हैं,
हम सब कुछ खाते है,
बढ़िया पचाते हैं।
फिर प्रदूषण फैलाकर,
हम पर्यावरण प्रेमियों को,
अँगूठा दिखाते हैं, मुँह चिढ़ाते हैं।
सब विरोधियों से कह दो—
हम पर आरोप-तोप चलाकर,
ये व्यर्थ चिल्लपों का स्वांग न भरें।
यदि उनमें साहस हो तो,
हमारे इस पेट में स्थापित,
'प्रदूषण-उत्पादक यंत्र' बंद करें!

प्रसंग एक : रंग अनेक

(1)

बुढ़िया माँ ने
जवान बेटी से कहा–''बेटी,
बार-बार पूजा पावन थाल
सहेज रही थी।
परसों शाम में
मंदिर साथ चलने के लिए,
मैं तेरे घर लौटने की
राह देख रही थी।''
जवान बेटी बोली–
''वेरी वेरी सॉरी मम्मी,
'मंदिर विजिट' की
आपकी आस रह गई अधूरी।
परंतु परसों शाम
'वेलेंटाइन डे' मनाना,
बॉय फ्रेंड के साथ जाना,
था ज़्यादा ज़रूरी!''

(2)

वृद्ध पिता ने
युवा बेटे से कहा–''बेटे,
मुझे पंडितजी का
प्रवचन सुनने जाना था।
परसों देर तक
मैं तेरी बाट जोहता रहा,
क्योंकि दूकान को बंद करने,
तुझे आना था।''
युवा 'सुपुत्र' बोला–
''वेरी वेरी सॉरी डैडी,
'वेलेंटाइन डे' मौज-मस्जी में
इस तरह बहा।
कि मकान-दुकान
आपका प्रवचन-सत्संग,
दीन-दुनिया प्रसंग,
किसी का ध्यान नहीं रहा!''

(3)

एक युवक-युवती को
फुटपाथ पर गुलाब के
फूल बैचते, पैसे सहेजते,
देख सुख मिला।
मैंने उनसे पूछा–
''क्या 'वेलेंटाइन डे' पर,
तुमने नहीं चलाया
'मौज-मस्ती' का सिलसिला!''
उत्तर मिला–''बाबूजी,
प्रेम तो हम भी करते हैं,
परंतु प्रेम का भोंडा प्रदर्शन खलता है।
फूल बेचने के श्रम में
बूढ़े माँ-बाप की सेवा-धरम में,
हमें प्रेम का
सच्चा सुख-आनंद मिलता है!''

‘धनम’ आरोग्यम!

(1) उपचार!

डॉक्टर ने भाँपकर
लंगड़े रोगी का पर्स।
तुरंत भेज दी रूम में
सबसे सुंदर नर्स।

नर्स से कहा–देखना!
तिरछी नज़र फेंकना!!
तिरछी नज़रों ने किया
इतनी जल्द सुधार

दस मंज़िल से कूदकर
लंगड़ा हुआ फरार
नर्स को चकमा देकर!
पर्स डॉक्टर का लेकर!!

(2) फीस की टीस

‘डॉक्टर साहब,
आपकी ‘पाँच सौ रूपए’
फीस सुनकर
तबीयत घबराती है।
तन-बदन में
आग लग जाती है।’’
डॉक्टर बोला–
‘‘कोई बात नहीं
इस बीमारी की भी
दवाई है।
आज ही
मेरे पास आई है।
आप कहेंगे तो
आपको दूँगा!
हाँ, फीस के
‘एक हज़ार रूपए लूँगा!!’’

मच्छर मंतर!

सुबह-सुबह कान में
भुनभुन सुनाई दी,
मच्छर ने मुझे काटा।
मैंने क्रोधित होकर उसे पकड़ा,
और बुरी तरह से डाँटा–
''तुम्हें शर्म नहीं आती,
रात के साथ, दिन में भी काटते हो।
नंगे-भिखमंगे निरीह,
'आम आदमी' के
ख़ून को चाटते हो?''
वह भन्नाया, भुनभुनाया–
''श्रीमान, मुझे डाँट रहे हैं कमाल है।
इस महँगाई के कारण, आपका-मेरा,
दोनों का ही बुरा हाल है।
चार-बार काटो तो
मुश्किल से एक बूँद
ख़ून निकलता है।
आपकी तरह मेरा परिवार भी,
दो शिफ्ट में काम करता है।
तब बड़ी मुश्किल से,
मेरा और परिवार का पेट भरता है।''
मैंने कहा–''तुम्हें पता है,
''आम आदमी' बदन में
ख़ून की कमी है।
वह नंगा-भिखमंगा है,
बदन रूखा-सूखा है,
आँखों में नमी है।
तो तुम 'काला धन' वाले,
'खास' आदमी को क्यों नहीं
काटते हो?
'खास' आदमी के बढ़िया
मलाईदार ख़ून को
क्यों नहीं चाटते हो?''
वह बोला–''आपको लगता है,
मैं अनपढ़, गँवार, बेकार मच्छर हूँ।
आपके कहने पर सूली चढूँगा,
ध्यान रखिए, मैं समझदार साक्षर हूँ।
मैं समाचार-पत्र पढ़ता हूँ,
स्क्रीन पर बैठकर टी.वी. देखता हूँ।
बेकार बहस पर हँसता हूँ,
'हॉट सीन' देखकर
आँखें सेंकता हूँ।
श्रीमान, सत्य के संघर्ष का
यह युग नहीं है,
बहुत बुरा जमाना है।
'खास' आदमी को काटकर,
मुझे पुलिस की लाठी नहीं खाना है।
हाँ, आपको शौक हो तो जाइए,
'खास' आदमी से टकराइए।
पुलिस की लाठियाँ खाइए,
चीखिये, चिल्लाइये,
हाथ-पैर तुड़वाइये।''

सिक्के-'खरे' 'खोटे'!

भैयाजी ने पुलक कर कहा–
''आप जो हमें
सिक्कों में तौल रहे हैं।
हमारे सम्मान में
मधुर शब्द बोल रहे हैं।
यह दर्शाता है–
कि आपको इस 'सेवक' का
सम्मान करना आता है।''
लोग बोले–''आप क्यों,
हमारा रहस्य खोल रहे हैं।
हम जो आपको
सिक्कों में तौल रहे हैं।
उसके पीछे एक अभ्यास है।
यह जानने का प्रयास है–
कि आप कब तक
सिद्धांतों पर टिकेंगे?
और ज़रूरत पड़ने पर
कितने सिक्कों में बिकेंगे?
आप व्यर्थ में ही
मधुर कल्पना के
फूल सजा रहे हैं।
हम तो सिर्फ
आपका 'बाज़ार भाव'
पता लगा रहे हैं!''
भैयाजी विहँसकर बोले–
''आप बहुत अच्छा कर रहे हैं।
जो हमारी तिजोरी
'खरे' सिक्कों से भर रहे हैं।
क्योंकि सरकार ने
नोट बंदी का
जारी कर दिया है फरमान।
पाँच सौ, हजार की नोट
बंद करने का
सुनकर-देखकर अभियान।
लगता है ये सिक्के
हमारे बहुत काम आएँगे।
इन्हीं सिक्कों के बल पर
हम अपनी राजनीति चलाएँगे।
इन सिक्कों के सहारे
हमारी शान के प्रतीक
लगुए-भगुए, चमचे पल जाएँगे!
माना, हम 'खोटे' सिक्के हैं
पर इन 'खरे' सिक्कों के सहारे
कुछ दिन 'बाज़ार' में चल जाएँगे!!''

संकल्प! विकल्प!!

वर्ष समापन पर
पार्टी-लीडर ने
कार्यकर्ताओं की सभा का
आयोजन किया,
और उन्हें भाषण का
लम्बा डोज दिया–
''भ्रष्टाचार ने देश को
खोखला कर दिया है।
और उसमें
व्यक्तिगत स्वार्थ का
भूसा भर दिया है।
अब ज़रूरी है–
भ्रष्टाचार के खिलाफ
हम संघर्ष का
सुनिश्चय करें।
माँ भारती का
दुःख-दर्द हरें।
इसलिए
आज हमें यह
संकल्प करना है।
संकल्प के लिए
प्रतिज्ञा-पत्र भरना है।
वैसे मैं
यहाँ ख़ाली हाथ
नहीं आया हूँ।
प्रतिज्ञा-पत्र
अपने साथ लाया हूँ।
एक प्रतिज्ञा-पत्र का
दस रूपया दाम है।
आप सबको
इसे करना है,
क्योंकि यह
राष्ट्र का काम है।
हाँ, मुझे
इस बात का दुःख है,
बेहद गम है–
आपकी संख्या
बहुत अधिक है,
और प्रतिज्ञा-पत्र कम हैं।
इसलिए जिन्हें
प्रतिज्ञा पत्र चाहिए,
उन्हें कष्ट दूँगा!
वे मुझसे
एकांत में मिलें,
मैं दस रूपए के
प्रतिज्ञा पत्र का
सौ रूपया लूँगा!!''

व्यर्थ विवाद!

देशी-विदेशी विवाद का
सबको पता किस्सा है।
श्रीमान, ये कथासार
उसी का एक हिस्सा है–
''विदेश से पढ़ लिखकर
लड़का अपने घर आया।
और आते ही माँ को
सेंट का पैकेट थमाया।
बोला–'मम्मी, तेरे शरीर से
गोबर की दुर्गंध आती है।
तेरे पास आने में ही
मेरी तबीयत घबराती है।'
बूढ़ी माँ बोली–'बेटे,
गोबर की गोबरियों पर
बना-बना कर खाना।
तुझे खिला-पिलाकर
इतना बड़ा किया और
विदेश किया था रवाना।
माना कि ये तेरा लाया
विदेशी सेंट करामाती है।
परंतु मुझे तो बेटा,
गोबर-सुगंध सुहाती है।''

फिर लड़के ने बाप के
मन-मानस को टटोला।
और विदेशी कपड़ों का
पैकेट पकड़ाकर बोला–
'डैडी, आप न जाने
किस मिट्टी के बने हैं?
देखिए न, आपके कपड़े
खेत की मिट्टी से सने हैं।'
बूढ़ा बाप बोला–'बेटे,
माना की मैं अनपढ़ हूँ,
और तू विदेश में पढ़ा है।
परंतु बेटे याद कर,
इस खेत की माटी ने ही
मुझे और तुझे गढ़ा है।
अब वही खेत की माटी,
तुझे आज नहीं भाती है।
परंतु मेरे लिए तो बेटा,
यही धरोहर, यही थाती है।'
फिर बोले–'बेटा, तू जा,
विदेशी का खूब आनंद उठा!
परंतु इस व्यर्थ विवाद को
इस घर-आँगन में मत ला!''

विकास?

'पद' यात्री विधायक से
जनता ने प्रश्न किया–
'वोट माँगते समय
आपने किया था वादा।
प्रगति का था
आपका पक्का इरादा।
परंतु पिछले
चुनाव के बाद।
आज आई है
आपको हमारी याद?
हमने लाख
देवी-देवताओं को मनाया।
परंतु आपके
दर्शन का सौभाग्य
नहीं मिल पाया।
विकास की आकांक्षा ने
हमें भीतर तक छुआ।
परंतु हमारा
विकास नहीं हुआ।'
विधायक ने प्रश्न सुना।
मन ही मन गुना।
और बोले–''जी हाँ,
विकास का वादा था।
वादा ही नहीं,
पक्का इरादा था।
उसी के अनुसार
मैंने अपना विकास
कर लिया है।
सुख-सुविधा से
घर भर लिया है।
यह सब
आप लोगों की दुआ है।
मेरा अपना तो
भरपूर विकास हुआ है।
अगर इस बार भी
आपकी कृपा रही
तो विकास की
चरम स्थिति आएगी!
रही सही कसर भी
पूरी हो जाएगी!!''

चमचा पुराण!

पुराने घाघ चमचे ने
नए रंगरूट चमचे से कहा–
''बच्चू, अब चमचा बनने में
पहले जैसा मजा नहीं रहा।
पुराने जमाने के बॉस
झाँसे में आते नहीं थे।
आजकल के बॉस जैसा
ठूँसकर खाते नहीं थे।
खाने के नाम पर
बस छू भर लेते थे।
इस तरह हमें खाने का
भरपूर अवसर देते थे।
आजकल के बॉस तो
इतना ठूँसकर खाते हैं।
जहाँ खाने बैठते हैं
वहीं पर, पसर जाते हैं।
पहले के बॉस मलाई
चाटने का मजा लेते थे।
और दूध की कढ़ाई
चमचों को सौंप देते थे।
अब तो हमारे हिस्से में
खुरचन भी नहीं आती है।
चमचा कहलाने में भी
आजकल शर्म आती है।
सुना है कि आजकल
कोयला भी खाने लगे हैं।
'काले' धन को 'श्वेत'
वस्त्र में छुपाने लगे हैं।
अब तू ही बता जब हम
इनके साथ खाने जाएँगे।
तो अपने हिस्से में
कोयले के टुकड़े ही आएँगे।
और क्या तुझे पता है
कि हम जिनके चमचे है।
वे किसी और चमचे के
चमचे के भी चमचे हैं।
ये कुर्सी रहस्य-कथा
अब मेरी समझ में आई है।
चमचे का चमचा बनकर
इन्होंने ये कुर्सी हथियाई है।''
किसी ने ठीक कहा है–
''हमें बहुत खेद है!
हमने जिनके तलुवे चाटे
उन तलुओं में भी छेद है!!''

स्व... तंत्र!

(1)

क्या आप स्वतंत्र हैं?
–जी, स्वतंत्र हम कहाँ,
स्वतंत्र तो है
वह महँगाई
जो ग़रीब की छाती पर
नागिन की तरह डोलती है!
और जिसकी
दिन पर दिन
बढ़ती हुई लंबाई
त्यौहारों के मुँह में
कडुवाहट का ज़हर घोलती है!!

(2)

क्या आप स्वतंत्र हैं?
–जी, स्वतंत्र हम कहाँ,
स्वतंत्र तो है
वह तेल
जो रह-रह कर
बढ़ते हुए मूल्यों के
तेवर दिखाता है!
जिसे याद करके ही
आम आदमी का
'तेल' निकल जाता है!!

(3)

क्या आप स्वतंत्र हैं?
जी, स्वतंत्र हम कहाँ,
स्वतंत्र तो है
वह गुण्डागर्दी
जो नित नए तरीके से
व्यवस्था को छलती है।
जिसे और कहीं
मिले ना मिले
परंतु आजकल
थानेदार की नाक के नीचे
शरण ज़रूर मिलती है!!

(4)

क्या आप स्वतंत्र हैं?
जी, स्वतंत्र हम कहाँ,
स्वतंत्र तो है
वह लीडर, जिसका
महँगाई के चक्कर
और तेल के तेवर से
निकट का नाता है।
और जिसके आगे
गुण्डागर्दी का भी सिर
शर्म से झुक जाता हैं।

'आम' सहमति!

वे आम की
दूकान पर आए।
कुछ झिझके,
कुछ सकुचाए, शरमाए।
फिर बोले–
''मैं आम आदमी हूँ,
मुझे आम से लगाव है।
बताइए न,
आम का क्या भाव है?''
दूकानदार बोला–
''आजकल 'आम'
'आम' आदमी नहीं,
'खास' आदमी खाते हैं।
फिर भी, आप जैसे
कुछ सिरफिरे
दाम पूछने चले आते हैं।
साहस हो
तो दाम सुन लीजिए।
बैठकर अपना
सिर धुन लीजिए।''
और जैसे ही उसने
आम का दाम बताया।
श्रीमान का सिर
बुरी तरह चकराया।
वे अपना सिर
पकड़कर बैठ गए।
फिर साहस किया
तो ज़मीन पर लेट गए।
आख़िर बेचारे
अपना मुँह लटकाए।
ख़ाली हाथ
घर वापस लौट आए।
घर पर पत्नी ने
ख़ाली हाथ
लौटने का कारण पूछा।
आम के दाम की
पहेली को बूझा।
वे खिसियाकर बोले
''मैंने तो अपनी
पूरी ताकत लगाई!
परंतु जर्जर जेब
और आम के दाम में,
'आम सहमति'
नहीं बन पाई!!''

सूखे का 'सुख' !

पड़ोसी भिखारीचंद ने
मेरे घर में घुसते ही कहा–
'श्रीमानजी, मैं पहले जैसा
भिखमंगा पड़ोसी नहीं रहा।
अब मुझे नहीं माँगनी हैं,
ऐसी वैसी चीज़ें उधार।
चाय, चीनी, आटा या दाल,
और आपका दैनिक अख़बार।
आप उस पुराने भिखमंगे
पड़ोसी को अब भूल जाइए।
अगर आपके घर हथौड़ा हो
तो हथौड़ा, उधार चाहिए।'
मैंने पूछा– 'भिखारीचंद,
आप हथौड़े का क्या करेंगे?
आप इस हथौड़े का भार
किसकी खोपड़ी पर धरेंगे'?
उत्तर मिला–'हे श्रीमानजी,
ये सब सरकारी माया है।
सरकारी जीप में ठसकर,
मेरा बेटा घर आया है।''
मैंने कहा–'आपका बेटा-
दुर्बलचंद, तो बहुत दुबला है।
शरीर रचना सींकिया है,
तन बदन का गठन पतला है।
इस हथौड़े को देखकर ही
बेचारा टें बोल जाएगा।
व्यर्थ में हत्या का इल्जाम,
आपके साथ, मुझ पर आएगा'।
वे बोले–'ग़लत समझ रहे हैं,
दुर्बलचंद, मोटा हो गया है।
इतना मोटा कि मेरे घर का
दरवाज़ा छोटा हो गया है।
आपके इस हथौड़े से मुझे,
किसी का सिर नहीं फोड़ना है।
बेटे के प्रवेश के लिए,
घर का दरवाज़ा तोड़ना है।
आजकल मेरा लाड़ला है,
सहायता केन्द्र अधिकारी।
सूखाग्रस्त प्रदेशों के
राहत प्रबंध का प्रभारी।
सूखे से सूख गए हैं लोग,
सूखे ने उसका तन भरा है!
'सूखे के सुख' के कारण ही,
मेरे घर में हरा ही हरा है'!!

झूठा-सच!

परेशान बाप ने डॉक्टर से कहा–
''मेरा बेटा, जब भी मुँह खोलता है।
पता नहीं क्यों,
वह झूठ, झूठ, झूठ
और केवल झूठ ही बोलता है।
अभी कुछ ही दिन पहले
झूठ बोलकर,
मेरे मित्र से
पैसे उधार ले लिया।
मेरे ऑफ़िस में जाकर,
मेरी बीमारी का,
बिल्कुल झूठा अप्लीकेशन दे दिया।
मैं चार दिन पहले उसके ऑफ़िस में,
उससे यों ही मिलने के लिए गया।
वहाँ उसने कर रखा था कारनामा,
अजब-गजब, अदभुत,
अनूठा और नया।
मुझे देखते ही उसके ऑफ़िस का–
समूचा स्टाफ बुरी तरह चकराया।
फिर वस्तुस्थिति ध्यान में आते ही,
उसके बॉस ने मुझे पास बिठाया।
और बोला–'आपको यहाँ देखकर,
मेरे स्टाफ के सभी लोग सन्न हैं।
अच्छा है कि आप स्वस्थ-सानंद हैं,
अच्छे हैं, कुशल हैं, परम प्रसन्न हैं।
क्योंकि आपके कुलभूषण कपूत ने,
हम सबको जोरदार झटका दिया है।
आपके अंतिम संस्कार के लिए,
उसने आज
अवकाश ग्रहण किया है'!
डॉक्टर बोला–'आपके प्रिय पुत्र का,
केस लेने में, मेरा मन डरता है।
क्या आपका पुत्र मौसम विभाग के–
घोषणा केन्द्र में काम करता है!
क्योंकि उनके उस घोषणा केन्द्र का
झूठ बोलने से निकट का नाता है।
घोषणा केन्द्र के कर्मचारी को
झूठ बोलना ही सिखाया जाता है।
जिस दिन मौसम विभाग घोषणा केन्द्र
भारी बारिश की घोषणा करता है।
उस दिन आसमान साफ़ रहता है,
एक बूँद पानी भी नहीं गिरता है।
जिस दिन आकाश साफ़ रहने की
बार-बार घोषणाएँ की जाती हैं।
उस दिन आकाश पर बादल छाते हैं,
घटाएँ घुमड़ती हैं, बरस जाती हैं।
मुझे खेद है, 'झूठा-सच' बोलने की
उसे जो ये बीमारी लग गई है!
इस बीमारी की दवाई मेरे क्या,
स्वयं भगवान के पास भी नहीं है'!!

क्रिकेट?

मित्र से पूछा–
''क्रिकेट को लेकर
खींचतान मची है।
परंतु तेरे चेहरे पर
कोई मजा, कोई मस्ती,
कोई रोमांच नहीं है?''
मित्र बोला–''यार,
हम जैसे फटेहाल
जो ज़िंदगी जीते हैं।
उसमें शाही खेल के
चर्चे सुन-सुनकर
ख़ून के घूँट पीते हैं।
जब भी कोई खिलाड़ी
चौका लगाता है।
हमें रोता-बिलखता
चौका याद आता है।
उधर वे छक्के लगाकर
वाहवाही लूटते हैं।
इधर मँहगाई के कारण
हमारे छक्के छूटते हैं।
खूबसूरत बैट देखकर
वहाँ मुस्कान खिलती है।
यहाँ चूल्हा जलाने को
लकड़ी नहीं मिलती है।
वे खिलखिलाते हैं, जब
गेंद बाउड्री पार जाती है।
हमें गेंद को तरसते
बच्चों की याद आती है।
वे क्लीन बोल्ड होने पर
चिल्लाते हैं, रोते हैं।
हम रोज़ अभावों के हाथों
क्लीन बोल्ड होते हैं।
वे लोग पिच खोदकर
उछलते हैं, मचलते हैं।
हमें अपनी ही कब्र खुदवाने
लोग नहीं मिलते हैं।
अच्छी तरह जानता हूँ–
उन लोगों के लिए
हम फटेहालों की
पीड़ा के तर्क खोखले हैं।
परंतु सच बात ये है
कि क्रिकेट के चर्चे
भरे पेट वालों के
व्यर्थ के चोचले हैं।।''

मार्च एंड!

(1)

मैंने अधिकारी से पूछा–
'साल भर आप,
सुविधा की नदिया में बहते हैं।
कुछ काम-धाम नहीं करते,
अपने ही आप में,
मगन रहते हैं, मस्त रहते हैं।
फिर क्यों आजकल आप,
फाइल निपटाने में,
बहुत अधिक व्यस्त हैं।
अधिक काम के बोझ से,
पीड़ित-परेशान हैं,
किस बात से त्रस्त हैं?'
उत्तर मिला–'बंधुवर,
माई-बाप सरकार को,
काम का लेखा-जोखा देना है।
बजट की राशि को,
किसी तरह ख़र्च करना,
ठेकेदार से कमीशन लेना है।'
बज रहा खोपड़ी में,
काम का बैण्ड है!
कुछ न कहिए,
चुप रहिए, मार्च एंड है!!

(2)

मैंने व्यवसायी से पूछा–
'साल भर कमाते,
अपनी तिजोरी को भरते हैं।
बर्थ डे, विवाह प्रसंग पर,
झूठी प्रतिष्ठा पर,
दिल खोलकर ख़र्च करते हैं।
फिर क्यों आजकल,
टैक्स प्रैक्टिशनर से,
मिलने-जुलने में व्यस्त हैं।
लेखे में अटके प्राण,
पीड़ित-परेशान हैं,
किस कष्ट से त्रस्त हैं?'
उत्तर मिला–'बंधुवर,
सरकारी टैक्स को,
तुरंत-तत्काल भरना है।
लेखा ठीक-ठाक करना,
काली कमाई को,
हमें व्हाइट भी करना है!'
बज रहा खोपड़ी में,
टैक्स का बैंड है!
कुछ न कहिए,
चुप रहिए, मार्च एंड है!!

वादे हैं, वादों का क्या!

पता नहीं, लोगों की बात
खरी है या खोटी।
प्रसिद्ध पर्वतारोही
श्री शिखरचंद चोटी।
जो जनम लेते ही
प्रसूतिगृह की दसवीं
मंज़िल पर चढ़ गए थे।
बचपन में ही
हिमालय की ऊँची
चोटियों से भिड़ गए थे।
घर के अच्छे थे
दूध-मलाई खाते थे।
खुरचन की आस में
चमचे उनके गुण गाते थे
उनके चेले-चपाटे
नए-नए, किस्से गढ़ते थे।
रोचक होते थे
इसलिए लोग पढ़ते थे।
चेले-चपाटों ने
उन्हें खूब उकसाया
तो चार क़दम आगे बढ़ गए।
चुनाव के समय
पार्टी से टिकट ख़रीदी
चुनावी मंच पर चढ़ गए।
लच्छेदार भाषण
वादों, बुलंद इरादों के कारण
चुनावी सभाओं में
उनकी बढ़ गई माँग।
एक दिन, भाषण देकर
कुर्सी पर लदते ही
एक कुर्सी की और
एक उनकी टूट गई टाँग।
उनकी टूटी टाँग ने
चुनाव के दंगल में
किया गज़ब का कमाल।
खूब सहानुभूति मिली
वोटों की लहरों में
आ गया जबरदस्त उछाल।
चुनकर आ गए
ख़ुशी के झूले में
कुछ इस तरह झूल गए!
जनता से किए वादे
अपने बुलंद इरादे
सब कुछ भूल गए!!

हर्ष! उत्कर्ष!! अपकर्ष!!!

हमें हर्ष है!
हमारे जीवन मूल्यों में
बढ़िया उत्कर्ष है!!

(1)

लीडर के सामने
भूखी-ग़रीब
जनता के चेहरे
जी, चेहरे नहीं, वोट हैं।
और जनता के सामने
लीडर नहीं,
लीडर के साथ खड़े
चमचों के हाथों में
वोट के बदले
मिलने वाले नोट हैं।।

(2)

डॉक्टर की नज़र में
मरीज नहीं,
मरीज का पर्स है।
और मरीज की नज़र में
डॉक्टर नहीं,
डॉक्टर के साथ खड़ी
खूबसूरत नर्स है।।

(3)

पुलिस की नज़र में
चोर नहीं
जहाँ चोरी हुई
उसके मालिक का
शानदार मकान है।
और चोर की नज़र में
पुलिस नहीं, पुलिस ने
शानदार मकान से
चुराया नहीं,
जबरदस्ती दबाया
नंबर दो का सामान है।।
हमें हर्ष है!
हमारे जीवन मूल्यों में
बढ़िया उत्कर्ष,
जी नहीं, घटिया अपकर्ष है!!

सस्ता भोजन : महँगा मजाक

रोज हाथ में कटोरा लेकर
भीख माँगने के लिए
आने वाली बुढ़िया माई।
जब कई दिन बाद
ख़ाली हाथ
भीख माँगने आई।
तब मैंने
प्रश्न किया–''बूढ़ी माई।
तू अपना
भीख माँगने का कटोरा
कहाँ छोड़ आई''।
वो आँख में
आँसू भर कर बोली–''बेटे,
कुछ दिन पहले गाँव में
एक बड़े लीडर आए।
उन्होंने हम ग़रीबों को
ऐसै सब्ज बाग दिखाए–
''अब ग़रीबों को
पाँच रूपए में
मिलेगा भरपेट भोजन।
उन्होंने दिया भाषण
भाषण में था आश्वासन।
हम भिखमंगे भी
सपनों की डोरी में झूल गए।
और हमारी एकमात्र धरोहर
'ग़रीबी' को ही भूल गए!
भाषण-आश्वासन सुनकर
मैंने भीख का कटोरा
बेंचकर पाँच रूपए जुटाए।
फिर पाँच रूपए में
भरपेट भोजन के लिए
पूरे बाज़ार के चक्कर लगाए।
बाज़ार में कहीं भी
भोजन तो हाथ में नहीं आया।
हाँ, 'पगली' कहकर
लोगों ने मेरा मजाक उड़ाया।
भरपेट भोजन के
सपनों के पूरा होने की
राह देखते-देखते
आँख पथरा गई!
मजबूर होकर
भूखे पेट-ख़ाली हाथ
फिर से भीख माँगने
सड़क पर आ गई''!!

सूखे का सुख!

'सूखा' विभाग का
क्लर्क रामदयाल।
जिसके फूलकर
गोल-गप्पा
हो गए थे गाल।
कल
चैराहे पर मिला।
तो देखा
उसका चेहरा
था पिलपिला।
हमने कहा 'देखो,
चारों ओर
हरियाली छाई है।
प्रकृति की छटा
निखर आई है।
झुलसे हुए
पेड़-पौधों में
प्राण संचार हुआ है।
लगता है
किसी ने इन्हें
जादू की
छड़ी से छुआ है।
धुआँधार
बरसती बरसात है।
बरसात ने
सूखे को दी मात है।
परंतु
प्रिय रामदयाल।
तुम्हारा
क्यों है बुरा हाल?'
वह बोला–'श्रीमान,
अभी जो आपने
हरियाली के
गुण गाए हैं।
ये ही मेरे लिए
मुसीबत
बनकर आए हैं।
हरियाली देखकर
मैं रोता हूँ।
'सूखा' विभाग में हूँ न,
इसलिए
जब 'सूखा' पड़ता है
तब मैं
'हरा' होता हूँ'!!

आम के आम...!

आम आदमी के
पक्षधर बनकर वे
चुनाव जीत गए।
इस घटना को
कुछ वर्ष बीत गए।
वे कुर्सी पर बैठकर
आम चूसने लगे।
उन्हें नए-नए
विचार सूझने लगे।
परिणाम ये हुआ
कि जैसे ही
वह आम आदमी
उनके पास आया।
उन्होंने उसके हाथ में
चूसे हुए
आम की गुठली
और छिलका थमाया।
यह देखकर
वह रोने लगा।
आँसुओं से
मुँह धोने लगा।
जब वह बहुत
रोया-गिड़गिड़ाया।
तो उन्हें
जरा रहम आया।
पुचकारते हुए
वे बोले–''जाओ।
इस गुठली को
आँगन में लगाओ।
ख़ून और पसीने से
सींचकर इसे बढ़ाना।
जब फल लग जाएँ
तो हाथ न लगाना।
उस समय हम
तुम्हारे दरवाज़े पर
फिर से आने का
कष्ट उठाएँगे!
आम खाएँगे,
और गुठली तुम्हारे ही
हाथों में थमाएँगे''!!

पत्नी एक : रूप अनेक!

(1) पशु प्रेमी!

उन्होंने दवाई की दूकान पर
जाकर कहा–''मेरी बात
ध्यान से सुनिए
केमिस्ट भाई।

अलग-अलग पॉकेट में
सोच-समझकर देना
मेरी पत्नी और
कुत्ते की दवाई।

ग़लती से दवाई बदल गई
पत्नी को कुछ हो गया
तो 'पत्नी-विरह' को
किसी तरह सह जाऊँगा।

परंतु 'प्रिय-कुत्ते' को
कहीं कुछ हो गया
तो समझ लीजिए
मैं जिंदा नहीं रह पाऊँगा।''

(2) सर्कस संकट!

बच्चे ने पूछा–''मम्मी,
क्या आप सर्कस में थीं,
मुझे सच-सच बताइए।
सर्कस की कुछ
विशेष कलाबाजियाँ
ज़रा मुझे भी सिखाइये!''
सुनकर मम्मी झल्लायी–
''बेटे, यह कुविचार
तेरे दिमाग़ में कैसे आया?
मुझे तुरंत बता
तुझे कब, किसने
कहाँ कैसे बरगलाया?''
बच्चा बोला–
''पड़ोस की आँटी
इसको, उसको,
सबको बताती हैं।
आपको 'पापा' को
उँगलियों पर नचाने की
नई-नई और नई
कलाबाजियाँ आती हैं!''

दहेज / सहेज!

युवा कार्यकर्ता ने
युवकों की सभा में
सिंह-गर्जना की...
'मेरा पक्का इरादा है,
कड़ा निश्चय है,
निश्चित वादा है,
विश्वास मानिए
मैं आपका साथ दूँगा।
तीन माह बाद
दहेज-विरोधी
आंदोलन में
ज़रूर भाग लूँगा।'
किसी ने पूछा–
'एक बात
समझ में नहीं आई है।
ये तीन माह की
अनोखी शर्त
आपने क्यों लगाई है?'
उत्तर मिला–
'अजी, अगले ही माह
होनेवाला है
मेरा अपना विवाह।
मेरे विवाह के
ठीक एक माह बाद
घर से जाएगी
छोटे भाई की बरात।
तीन माह तक
दहेज लेने का
अनुभव प्राप्त करूँगा।
फिर तीसरे माह
प्राप्त दहेज को
सहेज कर धरूँगा।
इस तरह
तीन माह में
दहेज को सहेजने के
काबिल हो पाऊँगा!
और फिर
दहेज के विरोध में
चल रहे आंदोलन में
बड़ी शान से
शामिल हो जाऊँगा!!''

'आ' रोग्यम!

(1) बिल-बलिहारी

''डॉक्टर साहब,
उस दिन आपने
मुझे समझाया
पसीना आएगा,
बुखार उतर जाएगा।
परंतु मैंने आपका
हर नुस्खा आजमाया,
पसीना नहीं आया।''
उत्तर मिला–
''कोई बात नहीं
अब ज़्यादा समय
व्यर्थ नहीं जाएगा,
मैं तुम्हें बिल देता हूँ
उसे देखते ही
तुम्हें पसीना आएगा
बुखार उतर जाएगा!!'

(2) चरित्र संकट!

''डॉक्टर साहब,
बाहर बैठी नर्स को
पहले अंदर बुलाइए।
फिर मेरी
मेडिकल जाँच के लिए
मुझे हाथ लगाइए।''
डॉक्टर बोला–''मैडम,
आप जैसा सोचती हैं,
मैं नहीं हूँ वैसा।
क्या आपको नहीं है,
मेरे चरित्र पर भरोसा?''
उत्तर मिला–
''डॉक्टर साहब,
आप चरित्रवान हैं,
मैं मानती हूँ।
परंतु नर्स के पास
बाहर बैठे,
पति के चरित्र को
मैं खूब जानती हूँ' ।।

(3) अद्भुत इलाज

''डॉक्टर साहब,
मेरे बच्चे को
एक बुरी लत है।
दाँतों से
नाख़ून कुतरने की
अजीब आदत है।''
डॉक्टर बोला–
''मैं इस समस्या का
समाधान खोज लूँगा!
चिंता मत कीजिए,
मैं कल ही बच्चे के
सारे दाँत उखाड़ दूँगा' !!

होली के रंग : फ़िल्म के संग

हमने अपने परिचित
निर्माता मित्र से कहा–
''होली के मूड में आइए।
और इस बार
कोई 'रंगीन' फ़िल्म बनाइए''।
''वह बोला–
हम तो अपनी हर फ़िल्म
'रंगीन' ही बनाते हैं।
यह अलग बात है
कि आप उसे
समझ नहीं पाते हैं।
ज़रा ध्यान से देखिए
जब 'गुलाबी' हीरोइन
'श्यामल' हीरो के साथ
कूल्हे मटकाती है।
तो दर्शक को
फ़िल्म की हर फ्रेम
अपने ही आप
'रंगीन' नज़र आती है।
और जब
'काला-कलूटा' विलन
सुंदर-सलोनी नर्तकी से
कैबरे करवाता है।
तो देखने वालों की
अतृप्त आँखों में
उत्तेजना का 'लाल' रंग
तैर जाता है।
हम तो इसी तरह
भूखे ग़रीब दर्शक को
फ़िल्म के नाम पर
'रंग-बिरंगे' चित्र बेचते हैं।
उसकी कष्ट की
कमाई के नोट खैंचते हैं।
हाँ, जब यही दर्शक
फ़िल्मी इंद्रधनुष के
मोहक 'रंगों' से निकलकर
यथार्थ के कठोर
धरातल पर आता है।
तब उसका चेहरा
'सफ़े द' पड़ जाता है!

बजट / घूँघट

ये जो आने वाला
राष्ट्रीय बजट है।
समझ लीजिए
किसी नई नवेली
दुल्हन का
घूँघट पट है।
घूँघट जैसे कि
आधा बंद
आधा खुला रहता है।
वैसा ही
बजट का भी
सिलसिला रहता है।
अधखुले पट से
लोग अनुमान
अवश्य लगाते हैं।
परंतु
सत्य का उद्‌घाटन
नहीं कर पाते हैं।
मन सहमता है
सकुचाता है,
घबराता है।
घूँघट या बजट में
क्या निकल आए
कुछ भी
समझ नहीं आता है।
वैसे यदि दुल्हन का
कोई विशेष गोत्र
वंश खानदान हो।
तो अनुमान
लगाना असान हो।
परंतु
जहाँ दुल्हन के
माई-बाप
अलग-अलग
खानदान से आए हों।
और उन्होंने रिश्तेदार
'बाहर से समर्थन'
के लिए जुटाए हों।
वहाँ मामला
बहुत गड़बड़ाता है!
घूँघट खोलने में
दूल्हे को
और बजट सोचने में
आम आदमी का
पसीना निकल आता है!!

विडंबना!

एक सीधा-सादा
भोला-भाला
सहज सरल इंसान।
महँगाई, भ्रष्टाचार,
आतंकवाद से होकर
हैरान-परेशान।
ज़हर की
पुड़िया लाया।
रात में खाया।
खाकर सो गया।
सुबह-सुबह
गज़ब हो गया!
वह बेचारा
शर्मिंदा था,
क्योंकि
ज़हर खाकर भी
वह जिंदा था!
जब परिवार के
लोगों ने
किस्सा सुना।
मन में गुना।
ख़ुशी में
झूमने लगे।
उसे प्यार से
चूमने लगे।
कुछ लोग
बाज़ार धाये।
मिठाई
ख़रीद लाए।
ख़ुश होकर
मिठाई खिलाई।
खाते ही
उसे नींद आई।
गजब हो गया!
वह बेचारा
मौत की
गोद में सो गया!
अब घर के
लोग शर्मिंदा हैं–
उसे मारकर,
वे क्यों जिंदा हैं?
''यह देश
सचमुच ही
गजब ढाता है!
आदमी
ज़हर खाकर
जिंदा रहता है,
मिठाई खाकर
मर जाता है!!''

धर्मान्तरण!

नव वर्ष पर बेचारे आदिवासी को
धर्म-धुरंधर घेरकर लाए।
उसे धर्मान्तरण से मिलने वाले
कई लाभ, कई लालच दिखलाए।
वह भव्य मंदिर के दिव्य द्वार गया।
तो वहाँ उसे पंडों ने जकड़ लिया।
पूजा-पाठ के कई तरीके बताए।
परंतु 'ईश्वर' कहीं नज़र नहीं आए!
चर्च की सुंदर-सुघड़-खूबसूरत
इमारत ने उसे आकर्षित किया।
पादरी ने उसे देखते ही दबोच लिया।
वहाँ सुख सुविधा के कई रंग खिले।
परंतु 'ईसा मसीह' के
दर्शन नहीं मिले!

उसे खींच ले गई विस्तृत विशाल
मस्जिद की पावन-पवित्र अजान।
पहुँचते ही मौलवी ने किया परेशान।
कई हथकंडों से उसका पड़ा पाला।
परंतु उसे नहीं मिले 'अल्ला ताला'।
बहुत दिन चला यही सिलसिला।
एक दिन उसे वीर-सैनिकों का,
प्यारा-निराला एक काफिला मिला।
वे जा रहे थे राष्ट्र पर होने शहीद।
और सब साथ-साथ गा रहे थे,
मना रहे थे दीवाली, क्रिसमस, ईद।
उसने उन सैनिकों को नमन किया!
और तुरंत 'राष्ट्र-धर्म'
अपना लिया!!

सहानुभूति और स्वार्थ!

जब आम आदमी
महँगाई की ठंड में
ठिठुरने लगा।
हाय-हाय करने लगा।
तो एक दल के सदस्य
दौड़े-दौड़े आए।
उन्होंने
मगरमच्छ की तरह
आँसू बहाए।
सुख और सुविधा के
आश्वासन दे गए।
और बदले में
वे उससे माँगकर
उसका कुरता ले गए।
उनके जाते ही
उनके विरोधियों ने
मोर्चा थाम लिया।
बंद और घेराव के
अपने परंपरागत
नुस्खे से काम लिया।
उसकी आँख पर
नई आकांक्षाओं की
तख़्ती टाँग दी।
और बदले में
उससे उसकी
धोती माँग ली।
अब वह बेचारा
केवल लँगोटी पहने
ठंड में ठिठुरकर
मर रहा है!
परंतु डर के मारे
हाय-हाय भी
नहीं कर रहा है!!

पुराना दो! नया लो!!

बीत गया त्यौहार का
सुखद-सुहाना मौसम।
परंतु कम नहीं हुआ
मेरे परम मित्र का गम।
मित्र की हालत देखकर
जब मुझे कुछ नहीं सूझा।
तो मैंने मित्र के पास,
बिल्कुल पास जाकर पूछा–
''तू दैनिक अख़बार में
'पुराना दो नया लो' का
प्रतिदिन विज्ञापन पढ़ता है।
विज्ञापन पढ़-पढ़कर
बार-बार चिढ़ता है,
मन ही मन कुढ़ता है।
मैं देखता हूँ कि तेरी
आत्मा अंतरात्मा रोती है।
इस तरह के विज्ञापन से
तुझे क्यों तकलीफ होती है?''
वह बिफरकर बोला–
''मेरे मित्र, दोस्त, मेरे यार।
अजीब तरह के विज्ञापन
देते रहते हैं ये दूकानदार!
कभी ये विज्ञापन देते हैं–
पुराना बेकार फ्रीज लाओ।
और बदले में नया
बढ़िया फ्रीज ले जाओ।
पुराना कूकर, पुराना हीटर,
बदलने की स्कीम लाते हैं।
अदल-बदल के चक्कर में
मुझे तरसाते हैं, भरमाते हैं।
अख़बार ख़रीद-ख़रीद कर,
और विज्ञापन पढ़-पढ़ कर,
मैं जीवन भर भरमाया।
परंतु 'पुरानी पत्नी' देकर
'नई पत्नी' ले जाने का,
कहीं विज्ञापन नहीं आया।''
मैंने समझा कर कहा–
''मेरे मित्र, दोस्त, मेरे यार।
तू जितना समझता है
उतने मूर्ख नहीं हैं दूकानदार।
अगर ऐसी स्कीम आई,
तो उस स्कीम का लाभ
दूकानदार स्वयं ही लेंगे!
'पुरानी पत्नी' देकर
'नई पत्नी' ले जाने का
वे भला, विज्ञापन क्यों देंगे''?

‘गण’ रहित ‘तंत्र’!

संपूर्ण राष्ट्र ने
एक बार फिर से
गणतंत्र दिवस मनाया।
‘तंत्र’ का षड्यंत्र तो
हर जगह दिखा
परंतु कहीं भी
‘गण’ नज़र नहीं आया।
जब ‘तंत्र’ पर सवार
राजनीति के घुड़सवार
लच्छेदार भाषण के
घोड़े दौड़ा रहे थे।
और उनके चेले-चपाटे
चमचे, दर्शक बनकर
ताली बजा रहे थे।
जब ‘तंत्र’ के दावेदार
फूलों की सेज पर
सो रहे थे।
राजमहलों में
रंगारंग उत्सव
हो रहे थे।
तब ‘गण’ बेचारा
अपनी पीठ पर
महँगाई का बोझ
ढो रहा था।
फुटपाथ पर पड़ा
अपनी ग़रीबी पर
रो रहा था।
आँसू के दल दल में
उसकी आकांक्षा के पाँव
धँस रहे थे।
और अभावों के साँप
उसकी नस नस को
डँस रहे थे।
कैसी विडंबना है कि
हम हर बार
बड़ी धूम धाम से
‘गणतंत्र’ दिवस मनाते हैं।
परंतु ‘तंत्र’ के ‘षडयंत्र’ के
कारण, बेचारे
‘गण’ को ही भूल जाते हैं।

दो व्यंग्य कविताएँ

1. 'आम' बजट!

'आम' बजट पर
आम आदमी से पूछा–
"'आम' बजट के विषय में
आपके क्या विचार हैं?"
उत्तर मिला–"बाबूजी,
हम तो पहले ही
दुःखी, पीड़ित, लाचार हैं।
उस पर 'अच्छे दिन' का
झाँसा देकर उन्होंने
हमारा कुरता माँग लिया।
फिर और लालच देकर
धोती माँगकर वादों की
सुंदर खूंटी पर टाँग दिया।
हम प्रतीक्षा करते रहे
और महँगी हो गई
सब्जी-दाल-रोटी!
अब बजट से क्या डरना
शरीर पर बची है
केवल एक फटी लँगोटी!!"

2. काला धन

फ़िल्म 'चार सौ बीस' के
हीरो ने
काले धन के विरोध में
बनाई गई
आदर्शवादी फ़िल्म में
शानदार अभिनय किया!
और इसके लिए
निर्माता से
पाँच लाख व्हाइट में
और बीस लाख
ब्लैक में लिया!!

दिल? बिल!

जब घर के लोग
क्रिकेट मैच देखकर
पुलकित हो रहे थे।
तब श्रीमान लालाजी,
दरवाज़े पर बैठकर
धुआँधार रो रहे थे।
मैंने पूछा–''लालाजी,
घर में भाभी और बच्चे
मस्त मगन हो रहे हैं।
परंतु आप यहाँ
दरवाज़े पर बैठकर
धुआँधार रो रहे हैं?
अड़ोस-पड़ोस, सबको
इस बात से हैरानी है।
क्रिकेट मैच से भला
आपको क्या परेशानी है?''
सुनकर लालाजी ने
बहते आँसुओं को पोंछा।
फिर अपनी खोपड़ी के
कुछ बालों को नोंचा।
और बोले–''श्रीमती,
नया टी.वी. लाई है।
उसने बिल की रसीद
अभी मुझे ही थमाई है।
लड़के ने नया बैट
और बॉल लिया है।
उसका भी बिल
मेरे ही हाथ में दिया है।
खिलाड़ी ने 'चौका' लगाकर
जितने भी रन जोड़े हैं।
'चौके' में नौकरानी ने
उतने ही क्राकरी सेट तोड़े हैं।
जब-जब दूकानदार
बिल के पैसे माँगते हैं।
मुझे और केवल मुझे
धन-सूली पर टाँगते हैं।
लड़की नाचती, गाती है,
दिन भर शोर मचाती है–
–'दिल' माँगे मोर!
और मैं रोता, तड़फता हूँ
मन ही मन कुढ़ता हूँ–
'बिल' माँगे मोर!!''

पड़ोसी पीड़ा!

चौराहे पर
पुराना मित्र मिला।
देखकर उसका
चेहरा पिलपिला।
हमने पूछा–
'फटी बुशशर्ट
और गंदा रुमाल।
तुमने ये क्या
बना रखा है हाल?
पहले तो
तुम्हारे बदन पर
नए कपड़े महकते थे।
और तुम
हमेशा चहकते थे।
ये अचानक
तुम्हें क्या हो गया?
तुम्हारे जीवन में
कौन विष बो गया?'
वह बोला–'मित्र,
यह सब कान्वेंट-
कल्चर की माया है।
मैंने अपने
बच्चे का एडमीशन
कान्वेंट में करने का
पराक्रम दिखाया है।
ये कान्वेंट-कल्चर
ऐसा फजीता है–
देखो, अपने सारे
कपड़े बेचकर
यूनिफॉर्म ख़रीदा है।
और यह जो
बच्चे की टाई है।
माह भर की
सब्जी के
बदले में आई है।
हमने कहा–'भैया,
जब ऐसा है हाल।
तो तुमने क्यों पाला
जी का जंजाल?'
वह बोला–
'यह बुद्धि,
उस दिन भरमाई।
जिस दिन पड़ोसी ने
अपने बच्चे की
एडमीशन
कान्वेंट में करवाई!!'

टुच्ची समस्याएँ!

उन्होंने
एक भूखे को
पकवानों से
सजा थाल दिखलाया।
उन्हें मज़ा आया।
वे बोले–'देखो,
लड्डू है, पेड़ा है,
और बरफी यहाँ है।'
भूखे ने
सिसकते हुए पूछा
'यह तो बताइए
मेरी रोटी कहाँ है?'
फिर एक नंगे को
कुछ फैशन शो दिखलाए।
आनंद के भाव उनके
चेहरे पर उभर आए।
विहँसकर बोले–'देखो,
सुन्दर वस्त्रों का
साम्राज्य यहाँ है।'
नंगे ने
ठिठुरते हुए पूछा–
'यह तो बताइए
मेरी लंगोटी कहाँ है?'
फिर उन्होंने
एक फुटपाथिए को
दिव्य और भव्य
भवन दिखलाए।
गर्व से मुस्कुराए।
और कहा–'देखो,
स्वर्ग यहाँ है।'
उसने सहमकर पूछा
'यह तो बताइए
मेरी झुग्गी कहाँ है?'
बार-बार
प्रति प्रश्नों को सुनकर
वे बुरी तरह झल्लाए।
चिढ़कर बोले–
'ये अनपढ़, गँवार
हमारी उपलब्धियों को
कभी समझ नहीं पाए।
हाय, ये लोग
कितने गए बीते हैं।
टुच्ची समस्याओं में ही
हमेशा जीते हैं!!'

गिद्ध दृष्टि!

बीच चैराहे पर
दो व्यक्ति लड़ रहे थे।
एक दूसरे से
बुरी तरह झगड़ रहे थे।
मैंने उन्हें
आगे बढ़कर टोका।
लड़ाई-झगड़ा
करने से उन्हें रोका।
और पूछा–
''किस बात का फ़साद है?''
क्या संसद जैसा
मंदिर-मस्जिद विवाद है?''
एक बोला–''मैं रहमान हूँ,
आपने मुझे देखा है।
मेरा इस शहर के
कब्रस्तान का ठेका है।
दूसरा बोला–''मैं रामलाल हूँ,
आपने मुझे भी देखा है।
मेरा इस शहर के
श्मशान घाट का ठेका है।''
रहमान का कहना है–
''मंदिर-मस्जिद का विवाद।
जब देश भर में
करवाएगा दंगा-फ़साद।
तो जितने ज़्यादा
मुसलमान भाई मरेंगे।
मेरे कब्रस्तान के
धंदे में बरकत करेंगे।
मेरा कहना है–
जितने ज़्यादा हिंदू भाई मरेंगे।
मेरे श्मशान के
धंदे में वृद्धि करेंगे।
इन नेताओं की नज़र
वोटों की तलाश पर है।
और हमारी नज़र
मासूमों की लाश पर है।
हम सबकी नज़र में
न मंदिर है, न मस्जिद है,
न हिंदू हैं, न मुसलमान हैं।
हमारी सबकी
अपनी-अपनी दूकान हैं,
और ये दूकान के सामान हैं।''

घास संत्रास!

जब आलू महँगे हुए
तो मैंने बच्चों को
प्यार से समझाया।
शरीर विज्ञान का
लंबा डोज पिलाया–
''बच्चों, आलू खाने से
मोटापा बढ़ जाता है।
शरीर पर चर्बी का
बोझ बढ़ जाता है।''
जब प्याज महँगे हुए
तो मैंने समझाया–
''प्याज खाने से
मुँह से दुर्गंध आती है।
मन मस्तिष्क में
तामसी वृत्ति बढ़ जाती है।''
फिर जैसे-जैसे
बढ़ती गई महँगाई।
मैंने बच्चों को
नित नई कष्ट-कथा सुनाई।
बेचारे, मेरी विवशता का
भावार्थ समझकर,
मेरा साथ निभाने लगे।
चुपचाप,
तेल-चटनी से ही
सूखी रोटी चबाने लगे।
परंतु जब बाज़ार से
तेल भी गायब हो गया।
तो मेरा अपना
मन का धीरज खो गया।
मेरी हालत देखकर
बच्चे बोले–''पापा,
ख़ून के घूट पी लेंगे।
राणा प्रताप की तरह
घास की रोटी
खाकर ही जी लेंगे।''
सुनकर मेरी
आँख भर आई।
मैं रोक नहीं पाया
अपनी रूलाई।
सिसक कर कहा–
''बच्चों, बाज़ार में
घास के लिए भी
खींचतान मची है।
लालू यादव जैसे
चारा चरने वालों के कारण,
अब खाने के लिए
घास भी नहीं बची है।।''

लोरी-लपट!

लोरी-गायन स्पर्धा के
मिस्टर 'कुंभकर्ण'
अध्यक्ष बनाए गए।
उनकी उपस्थिति में
तरह-तरह के लोरी-गीत सुनाए गए।
अब आयोजक गण
बुरी तरह से हैरान हैं, परेशान हैं।
उन बेचारों के
अधर में लटके और अटके प्राण हैं।
सभी प्रतियोगी
परिणाम प्रतीक्षा के लिए रो रहे हैं।
छः माह हो गए
मिस्टर 'कुंभकर्ण'
मगन मस्त सो रहे हैं!''
किसी ने आयोजक जी से कहा–
''श्रीमान जाइए, देश के जो
'कर्णधार', 'कुंभकर्णी'
नींद सो रहे हैं।
उन्हें जगाइये, बताइए-कई प्रतियोगी
पुरस्कार पाने के लिए रो रहे हैं।
और कुछ पुरस्कार लौटाने का
'नाटक' रचाकर ख़ुश हो रहे हैं।
एक काम कीजिए–'जो पुरस्कार
लौटा रहे हैं,
उनसे पुरस्कार ले लीजिए।
और जो पुरस्कार पाने के लिए
लालायित हैं,
उन्हें पुरस्कार दे दीजिए।
इस तरह लक्ष्मी पूजन पर
पूरा हो जाएगा–'लेखा-जोखा'!
न हिंग लगेगी न फिटकरी
और रंग हो जाएगा चोखा!!''

होश! बेहोश!!

भैयाजी,
चुनाव-दौरे के दौरान
बेहोश हो गए।
उन्हें बेहोश देखकर
उनके चमचे के
होश खो गए।
चमचे ने होश में
आते ही तत्काल।
भैयाजी को
पहुँचाया अस्पताल।
डॉक्टर साहब ने
हर नुस्खा आजमाया।
परंतु भैयाजी को
होश नहीं आया।
जब डॉक्टर को
कुछ नहीं सूझा।
तो चमचे ने
इस पहेली को बूझा।
वह विरोधी दल के
कैंप में धाया।
विरोधी के भाषण का
टेप उठा लाया।
टेप सुनते ही
उन्हें होश आ गया।
देखकर डॉक्टर का
दिमाग चकरा गया।
परंतु टेप के भाषण ने
भैया जी पर
ऐसा असर किया।
कि उन्होंने डॉक्टर को
विरोधी दल का
नेता समझ लिया।
संसद में हुए
असंसदीय व्यवहार की
उन्हें याद आई।
और उन्होंने
डॉक्टर की कर दी
जमकर पिटाई।
मेडिकल सायंस के
इतिहास का
प्रसंग अदभुत है,
अचंभा बड़ा है।
भैयाजी होश में हैं
और इलाज कर रहा
बेचारा डॉक्टर,
बेहोश पड़ा है!!

उलूक दृष्टि!

लक्ष्मी पूजन पर
भक्त ने की
घर की साफ-सफाई।
फिर पूजा की
सारी सामग्री जुटाई।
अक्षत, कुंकुम का
सुंदर थाल सजाया।
गेंदे के फूलों का
बढ़िया हार बनाया।
शुद्ध देशी घी के
पकवान बनवाए।
घर-परिवार ने
मगन-मन खाए।
शुभ-मुहूर्त पर
याद कर गुरु की।
माँ लक्ष्मी की
पूजा शुरू की।
अक्षत, कुंकुम
और पुष्प चढ़ाए।
और जैसे ही
दीप जलाने के लिए
उसने हाथ बढ़ाए।
माँ लक्ष्मी ने उसका
हाथ पकड़ कर कहा–
'भक्त, ख़बरदार!
पता है, मैं क्यों हूँ–
उल्लू पर सवार।
क्योंकि यह
व्यर्थ नहीं बिकता है।
इसे अंधेरे में भी
सब कुछ दिखता है।
इसके पास तुम्हारे
कुकर्मों का लेखा है।
इसने तुम्हारी
करतूतों को देखा है।
तुमने अपने लिए
शुद्ध घी के
पकवान बनवाए।
और मेरे लिए
बाज़ार से मिलावटी
सरसों का तेल लाए।
भक्त, तुम मुझे
उल्लू मत बनाना।
ये मिलावटी
सरसों के तेल का
दीप मत जलाना!!

तुलसीदास!

पत्नी की डाँट-फटकार
सुनने से ही
कोई व्यक्ति
तुलसीदास नहीं हो जाता
क्योंकि यदि ऐसा होता,
तो संसार के सभी विवाहित
तुलसीदास हो गए होते!
मानस-सागर में
जीवन भर
लगा रहे होते गोते।
वैसे इतना सरल रहीं है
तुलसीदास बनना।
तप-तपस्या-त्याग का
कठिन-पथ चुनना।
रोम-रोम में
राम को जीना।
सीता की आँखों के
आँसुओं को पीना।
सृजन-तूलिका से
मानस के पात्रों में
जीवन के रंगों को भरना।
'रामचरित मानस' जैसे
कालजयी ग्रंथ का
सुंदर सृजन करना।
अपने आपको भूल जाना।
और राम की भक्ति के
पावन झूले में झूल जाना।
यह सच है—पत्नी की
डाँट-फटकार सुनकर
हर विवाहित रोता है!
परंतु युगों-युगों में
कभी कहीं 'एक'
तुलसीदास होता है!!

बाढ़ (सुख!)

भीषण बाढ़ की
ख़बर सुनकर वह घबराई।
क्योंकि उसे
बाढ़ पीड़ित क्षेत्र में
रहने वाली
सहेली की याद आई।
उसने परिजनों को
किसी तरह पटाया।
और तुरन्त सहेली के
गाँव का टिकट कटाया।
परन्तु बेचारी
उसके घर जाकर
हो गई हैरान-परेशान।
क्योंकि सहेली के पति
गा रहे थे मंगलगान।
सहेली से पूछा–
''गाँव में बाढ़ का
तांडव हो रहा है।
हर ग्रामवासी
फूट-फूटकर रो रहा है।
परन्तु तेरे पति
मंगलगीत गा रहे हैं?
झूम-झूमकर
ख़ुशियाँ मना रहे हैं।
तेरा चेहरा भी
गुलाब-सा खिला है।
भला ये
क्या सिलसिला है?''
उत्तर मिला–''अरी,
वे ख़ुश हैं,
और मेरा चेहरा
गुलाब-सा खिला है!
क्योंकि इस बार
'बाढ़ राहत' का ठेका
हमें मिला है!!''

नाखून!

जवानी की दहलीज़ पर
क़दम रखती हुई
कुँवारी बहन की
तार-तार हो गई
चोली को देखकर।
विवाह-योग्य
अविवाहित बेटी के
चारों ओर मँडराती हुई
गिद्धों की टोली को देखकर।
मैंने, जी हाँ मैंने
अपनी बहन-बेटियों का
घर से निकलना
बंद कर दिया है,
क्योंकि आजकल
मेरे दोस्तों की आँखों में भी
नाख़ून उग आए हैं!
यह बात नहीं है
कि इन नाख़ूनों की
खरोंचों से उनकी अपनी
बहन-बेटियाँ बची हैं।

और यह बात भी नहीं है,
कि वे सब की सब
सीता, सावित्री या सती हैं।
बात सिर्फ इतनी है
कि इन खरोंचों को
वे मॉडर्न कहलाने की
पहली शर्त मानती हैं।
अनैतिकता के घावों से
रिसते हुए
वासना के मवाद को
वे व्यर्थ जानती हैं।
इसलिए मैंने
जी हाँ, मैंने भी
अपने दोस्तों की
बहन-बेटियों से
मिलना बंद कर दिया है,
क्योंकि मुझे डर है
कि उन्हें देखकर
मेरी आँखें भी कहीं
नाख़ून न बन जाएँ!

गुरु ज्ञान!

''गुरुजी
ये आपने क्या किया?
बेचारे मासूम बच्चे पर
पुस्तकों का बोझ लाद दिया।
देखिए न, बेचारा
पसीना-पसीना हो रहा है।
अपने भाग्य को रो रहा है।
उसका बचपन खो गया है।
बोझा ढ़ोते-ढ़ोते
वह अधमरा हो गया है।
उसकी कमर झुक गई है।
भविष्य की प्रगति रुक गई है।''
सुनकर, गुरुजी ने अपनी
झुकी कमर को सीधा किया।
फिर मोटे चश्मे की
टूटी फ्रेम को
नाक पर चढ़ा लिया।
पेबंद लगी जॉकेट
और फटी हुई धोती सँवारी।
फिर जीवन भर की
अपनी कुंठा, हम पर उतारी–
''देख रहे हैं,
मेरा क्या हाल बना दिया है
महँगाई की मार-प्रहार ने।
जीवन-निर्वाह के भारी बोझ,
शासन, समाज की फटकार ने।
श्रीमान, यह बच्चा
अभी पुस्तकों का बोझ उठाएगा।
तभी भविष्य में जीवन का
बोझ उठाने में समर्थ हो पाएगा!!''

बड़े बन जाइए!

कुछ बच्चे चौराहे पर
आपस में लड़ रहे थे।
परस्पर एक दूसरे से
बुरी तरह झगड़ रहे थे।
यह ग़लत दृश्य देखा,
तो मैंने उन्हें टोका।
लड़ने से मना किया,
झगड़ने से रोका।
बच्चे बोले–''सर हमें,
माफ कर दीजिए।
नाराजी को मन से
साफ़ कर दीजिए।
छोटे हैं, नासमझ हैं,
अभी हम बच्चे हैं।
पर कुटिल-कर्णधारों से
लाख-गुना अच्छे हैं।
क्योंकि हम अपनी
गलती जान रहे हैं।
गलती की है तो,
गलती मान रहे हैं।
परंतु वे लोग तो
गलतियाँ गढ़ते हैं।
और गलती का दोष
एक दूजे पर मढ़ते हैं।
संसद से सड़क तक
बच्चों-सा लड़ते हैं।
बच्चों पर, बड़ों के ही
संस्कार पड़ते हैं।
उनकी फूहड़ करतूतों का
जो भी कुछ लेखा है।
सम्पूर्ण राष्ट्र ने ही
उनकी नंगई को देखा है।
बचकानी हरकत का
जो ये सिलसिला है।
उनकी करतूतों का दंड
पूरे देश को मिला है।
कहने को छोटी मुँह–
बात बड़ी लगती है।
पर बड़ों की बचकानी
बात हमें गड़ती है।
सर, हो सके तो जाइए,
और उन्हें समझाइए।
बहुत हुआ बचपना,
अब, बड़े बन जाइए।।''

मंत्री नहीं बनूँगा

उन्होंने ख़ुश होकर
चपरासी से कहा–
''अरे रामलुभाया।
जीवन भर सेवा की
परंतु मैं तुझे
कुछ नहीं दे पाया।
ऐसा कर, तू अब
मुझे ये सुख दे दे।
और मंत्री पद की
आज ही शपथ ले ले।''
चपरासी बोला–''सर,
आप मुझे कोई भी
दंड दे दीजिए।
परंतु मंत्री पद के लिए
आग्रह मत कीजिए।''
वे चिढ़कर बोले–''पगले,
तू चपरासी है न,
ज़रा भी अक्ल नहीं है।
बाहर जाकर देख
मंत्री पद के लिए
कैसा लाइन लगी है।''
चपरासी बोला–''सर
न तो मैं
पशु-चारा खाता हूँ।
और न ही मैं
यूरिया चबा पाता हूँ।
न ही मुझे हवाला,
घोटाला करना आता है।
और न ही मेरा
झूठे वादों से नाता है।
बुरा मत मानिए सर
बात सच्ची है, खरी है।
ये मंत्री की कुर्सी
अस्थायी है, टेम्पररी है।
जबकि मेरी नौकरी
स्थायी है, परमानेंट है।
इसमें परिवार की
सुरक्षा सौ परसेंट है।
ये ढुल मुल सरकार
आज, कल, परसों,
कभी भी लुढ़क जाएगी।
फिर मुझ ग़रीब की
घर-गृहस्थी
फुटपाथ पर नज़र आएगी।
आपका आग्रह आदेश,
कुछ नहीं सुनूँगा।
आप कितना भी कहिए,
पर मंत्री नहीं बनूँगा।''

हाथी के दाँत!

भैयाजी ने
दाँत के डॉक्टर से कहा–
''मेरा ऑर्डर लीजिए।
कृपया मेरे लिए
दाँत के दो बढ़िया
सेट बना दीजिए।''
डॉक्टर बोला–
''दो सेट का क्या करेंगे?
आप एक ही मुँह में
दो सेट कैसे धरेंगे?''
उत्तर मिला–
''राजनीति का नाटक
आप तो क्या
कोई समझ नहीं पाएगा।
डॉक्टर साहब,
एक सेट खाने के
और दूसरा जनता को
दिखाने के काम आएगा!
अब देखिए न,
'आप' का घमासान।
'भाजपा' और उसके
विरोधियों में
चल रही निरंतर खींचतान।
सबका ही बेड़ा गर्क है।
इन सबकी 'कथनी'
और 'करनी' में फर्क है।
इन सबका छल-कपट से
निकट का नाता है।
इनके दाँतों का
एक सेट 'खाने' के
और दूसरा
'दिखाने' के काम आता है।''

तर्क! कुतर्क!!

1. धुलाई!

होली के रंगों से
होकर पीड़ित-परेशान
मैं बाज़ार से
कपड़े धोने का साबुन लाया।
कपड़ों में लगाया,
लगाकर बहुत पछताया।
दूकानदार से शिकायत की–
''मैंने आपकी दूकान से
ख़रीदे हुए साबुन से
चादर धोकर डाली,
तो बस कमाल हो गया।
वह लंबी-चौड़ी चादर
इस तरह सिकुड़ गई
कि चादर का, रूमाल हो गया!''
दूकानदार बोला–
''चिंता मत कीजिए।
उसी साबुन से
आप भी नहा लीजिए।
विश्वास कीजिए,
आप बहुत सुख पाएँगे!
आप भी रूमाल के
साइज के हो जाएँगे!!''

2. श्रम विभाजन!

होली की मस्ती में
बच्चा,
होम वर्क नहीं कर पाया।
बहुत घबराया,
घबराकर डैडी के पास आया।
बोला–''डैडी,
प्लीज, मेरा होम वर्क कर दीजिए।
स्कूल की ये वर्क बुक,
सही, सटीक उत्तरों से भर दीजिए।''
डैडी बोले–''होम वर्क
नहीं करना, ये अच्छी आदत नहीं है।
वैसे भी, मैं व्यस्त हूँ,
सिर खुजलाने की भी
फुरसत नहीं है।''
बच्चा बोला–''प्लीज डैडी,
काम को मेरे साथ बाँट लीजिए।
मैं आपका सिर खुजाता हूँ,
आप मेरा होमवर्क कर दीजिए!''

संबोधन संकट!

सुबह-सुबह एक पुलिस अधिकारी ने
मेरे घर का दरवाज़ा खटखटाया।
घर में घुसते ही पुलिस स्टाइल में
उसने मुझे धमकाया, चमकाया।
बोला–''मैं आज और अभी तुरंत
आपको गिरफ्तार करने आया हूँ।
कोर्ट का ज़रूरी, ये पकड़ वारंट
अपने पास, अपने साथ लाया हूँ।''
मैंने कहा–
''श्रीमान, मुझे नहीं आ रहा,
कहीं कुछ स्मरण, घटना क्रम याद।
जब मैंने कभी, कहीं कुछ किया हो,
गिरफ्तारी वाला गंभीर अपराध।''
बोला–''याद करें, आठ वर्ष पूर्व,
आपने क़ानून हाथ में लिया था।
अपनी व्यंग्य कविता में मुझे 'गेंडा'
संबोधन से संबोधित किया था।''
आरोप सुनकर, समझ और सोचकर,
मेरा दिमाग बुरी तरह चकराया।
मैंने कहा–''इतना पुराना प्रसंग,
आज आपको कैसे याद आया?''
वह बोला–
''समझ लीजिए कि आपके,
शुभ ग्रहों का, भाग्य का लेखा था।
जो मैंने आज तक कभी, कहीं, कोई
'गेंडा' नामक जीव नहीं देखा था।
आज मैं पत्नी और बच्चों के साथ
चिड़ियाघर घूमने के लिए गया।
वहाँ पर पहली बार 'गेंडा' देखा,
देखते ही मेरा ख़ून खौल गया।''
इतना कहकर, वह मुझे तत्काल ही
गिरफ्तार करके कोर्ट ले आया।
विद्वान न्यायाधीश महोदय को,
उसने पूरा केस, किस्सा बताया।
सुनकर न्यायाधीश ने कहा–
''कविजी,
आपने गंभीर अपराध किया है।
मैंने भी आपके इस संबोधन को
अत्यंत गंभीरता से लिया है।
वन्य प्राणी उपहास के केस का
मैं भी आज खूब मस्त, मजा लूँगा।
मैं इस व्यंग्य-संबोधन के लिए
आपको अवश्य कठोर सजा दूँगा।
आपने इस व्यंग्य-संबोधन पर
गौर नहीं किया, ध्यान नहीं दिया है।
आपने 'पुलिस जी' को
'गेंडा' कहकर
'गेंडा' प्राणी का अपमान किया है!''

इंसान!

अज़नबी शहर आया।
लोगों के
तने हुए चेहरे
देखकर चकराया।
प्रवेश करते ही
एक ने पूछा–
'क्या है तेरा नाम?
वह बोला–राम।'
सुनते ही
हो गई उसकी पिटाई।
बेचारे ने भागकर
अपनी जान बचाई।
फिर किसी ने उसे टोका
बढ़कर रोका
पूछा ''क्या काम है?
तेरा क्या नाम है?''
वह घबराकर बोला–
'श्रीमान
मेरा नाम है 'रहमान'
सुनते ही हो गया बंटाढ़ार।
बेचारे पर
पड़ने लगी मार।
उसने दौड़ लगाई।
अपनी जान बचाई।
उसने खुली हवा में
साँस ही ली थी
कि भीड़ ने घेर लिया।
उसने भीड़ को देखा
तो मुँह फेर लिया।
परंतु भीड़ ने
जबरन उससे पूछा–
''तेरा नाम क्या है?
इस बस्ती में
तेरा काम क्या है?''
वह बोला
न मैं 'राम' हूँ।
न 'रहमान' हूँ।
केवल 'इंसान' हूँ।
भीड़ चिल्लाई–
''अरे, ये न राम है
न रहमान है।
ये 'बेचारा' केवल इंसान है।
चलो, भीड़ की दिशा मोड़ दो?
ये नहीं करवा सकता है
वाद-विवाद-दंगा-फसाद
ये अपने काम का नहीं है
बेकार है, इसे छोड़ दो!!''

कान्वेंट कल्चर!

कान्वेंट स्कूल की क्यू में
पड़ोसी वृद्ध दादाजी खड़े थे।
शरीर पसीने से लथपथ था,
माथे पर चिंता के बल पड़े थे।
मैंने कहा–'दादाजी आपका,
स्वास्थ्य बहुत अच्छा नहीं है।
वैसे भी आपके परिवार में
कोई छोटा बच्चा नहीं है।
फिर आप यहाँ एडमीशन की
लंबी लाइन में क्यों खड़े हैं?
कान्वेंट कल्चर की इस कुत्सित
कुटिल मुसीबत में क्यों पड़े हैं?''
दादाजी बोले–''अंतहीन है,
अनंत है, इस जीवन की चाह।
लड़के के, लड़के के, लड़के का
अगले वर्ष नियोजित है विवाह।
अपेक्षा है, शुभ-मंगल प्रसंग,
अच्छा, अच्छा, अच्छा ही होगा।
अगले वर्ष अगर विवाह होगा,
तो उसके बाद बच्चा भी होगा।
सुना है, ये कान्वेंट वाले
बच्चे के बाप को बुलाते हैं।
एडमीशन के लिए स्कूल के,
कई-कई चक्कर लगवाते हैं।
बातों ही बातों में, बाप को
जेब की हैसियत टटोलते हैं।
और डोनेशन की तराजू पर
परम पावन शिक्षा को, तौलते हैं।
इस पर भी,
यदि बेचारे बाप की किस्मत
खुलती, भाग्य जगता है।
तो एडमीशन के लिए, बच्चे का
बरसों बाद नंबर लगता है।
उसके बाद बच्चे की पैंट के
शर्ट-टाई के खर्च आते हैं।
उसमें बाप के, बाप के, बाप के
सारे कपड़े उतर जाते हैं।
मैं चूँकि आगंतुक के बाप का,
बाप का, बाप का भी बाप हूँ।
इसलिए कान्वेंट कलचर के
अभिशाप का, ढो रहा पाप हूँ।
सोचता हूँ–'वर्तमान' अभिशाप,
'भविष्य' को दाँव पर लगाएगा।
कुत्सित कुटिल कान्वेंट कल्चर
इस देश को अवश्य डुबायेगा।''

ट्वेंटी + ट्वेंटी = फोर ट्वेंटी

गणित के ज्ञानी गुरुजी
छात्रों को गणित का नया पाठ
गहन अध्ययन कर पढ़ा रहे थे।
ब्लैक बोर्ड पर लिखकर
ट्वेंटी + ट्वेंटी = फोर टवेंटी,
विस्तार से समझा रहे थे।
प्रिंसिपल ने पूछा–''गुरुजी,
आप अनुभवी शिक्षक हैं,
पकी उम्र है,
क्या अब सठिया गए हैं?
छात्रों को पागलपन का
विचित्र पाठ पढ़ा रहे हैं,
बताइए, क्या आप पगला गए हैं?
गुरुजी बोले–''मान्यवर,
इस 'इंडियन पागलपन लीग' ने
मुझे नहीं, पूरे देश को भरमाया है।
श्रीमान, केवल मैं नहीं,
संसद से सड़क तक हर नागरिक
इस 'कीटाणु' से पीड़ित है,
पगलाया है।

ये कैसी विडंबना है–
सरकारी कथन-बिजली नहीं है,
लोडशेडिंग, हर नागरिक परेशान है।
परंतु आय पी एल में,
चीयर-लीडर्स नंगई दर्शन-
प्रदर्शन को,
बिजली का प्रावधान है?
भूख, ग़रीबी, बेकारी,
महँगाई से हाल-बेहाल हैं,
तन पर कपड़े नहीं हैं, नंगा बदन है।
इन सबकी चर्चा छोड़कर,
हर व्यक्ति आय पी एल घपले–
किस्से-कहानी की चर्चा में मगन है।
'पागलपन लीग'–पगलाए
बालकों-पालकों में घिरा हूँ,
गणित-ज्ञान की नाव खे रहा हूँ!
इसलिए अब विवश होकर
ट्वेंटी + ट्वेंटी = फोर टवेंटी,
ये विचित्र ज्ञान,
छात्रों को दे रहा हूँ''!!

रो इंडिया रो!

मेरा घनिष्ठ आत्मीय मित्र
बिलख-बिलख कर रो रहा था।
हिचकियाँ लेकर, आँसुओं से
अपने मुँह को धो रहा था।
पूछा–''तूने विज्ञापनों के,
जितने राइट अप लिखे हैं।
वे विज्ञापन के बाज़ार में
बढ़िया धड़ल्ले से बिके हैं।
फिर भला तू क्यों इस तरह
बिलख-बिलख कर रो रहा है।
क्यों अपने मुखमंडल को
इन आँसुओं से धो रहा है?''
वह बोला–''वे ही राइट अप,
बन गए जी का जंजाल हैं।
बनकर सवाल अब उठ रहे
नित नए बवाल ही बवाल हैं।
मैच फिक्सिंग के इस खेल ने
जो क्रूर कुटिल खेल किया है।
उसने क्रिकेट के खेल का
सारा तेल निकाल दिया है।
जिन्होंने खेला, ये खेल का
क्रूर कुटिल कुत्सित सट्टा है।
उन्होंने खेल के माथे पर
लगा दिया घृणित बट्टा है।
जो खिलाड़ी, बड़े अधिकारी
दिखाते थे कि बहुत बड़े हैं।
वे दर्शकों की अदालत में
आज मुजरिम बनकर खड़े हैं।
मेरे लिखे हुए राइट अप
मेरा मजाक उड़ा रहे हैं।
मेरे रचित चर्चित विज्ञापन
मुझे ही मुँह चिढ़ा रहे हैं।
मैंने जिसके लिए लिखा था–
जूते भी साँस लेते हैं।
अब लोग उस खिलाड़ी को ही
साँस लेने नहीं देते हैं।
खिलाड़ियों की करतूतों से
दर्शक गण हैं इस तरह खफा!
''ये दिल माँगे मोर'' जैसा
राइट अप, मैंने क्यों लिखा?
मेरे बहुचर्चित विज्ञापन का
राइट अप था–''गो इंडिया गो''
उसी तर्ज पर लोग, मुझे ही
सुनाते हैं–''रो इंडिया रो।''

चमचा पुराण!

पुराने घाघ चमचे ने
नए रंगरूट चमचे से कहा–
''बच्चू, अब चमचा बनने में
पहले जैसा मजा नहीं रहा!
पुराने जमाने के बॉस
झाँसे में आते नहीं थे।
खाने का नाटक करते थे
परंतु खाते नहीं थे।
खाने के नाम पर
बस छू भर लेते थे।
इस तरह हमें खाने का
भरपूर अवसर देते थे।
आजकल के बॉस तो
इतना ठूँसकर खाते हैं।
कि जहाँ खाने बैठते हैं
वहीं पर, पसर जाते हैं!

अब तो हमारे हिस्से में
खुरचन भी नहीं आती है।
चमचा कहलाने में भी
आजकल शर्म आती है।
और क्या तुझे पता है
कि हम जिनके चमचे हैं।
वे किसी और चमचे के
चमचे के भी चमचे हैं।
ये कुर्सी रहस्य-कथा
अब मेरी समझ में आई है।
चमचे का चमचा बनकर
इन्होंने ये कुर्सी हथियाई है।''
किसी ने ठीक कहा है–
''हमें बहुत खेद है।
हमने जिनके तलुवे चाटे
उन तलुओं में भी छेद है।''

मूर्खता?

महामूर्ख सम्मेलन में
सम्मिलित होने के लिए
कर रहा था प्रवास।
मूर्खाधिपति का घर
आयोजन स्थल के था,
बिल्कुल ही आस पास।
सहयात्री ने पूछा–
''आप मूर्ख नहीं दिखते हैं।
फिर मूर्खतापूर्वक कविताएँ
भला कैसे लिखते हैं?''
मैंने कहा–''साहित्य,
समाज का दर्पण होता है।
समाज में जो दिखता है,
साहित्य में अर्पण होता है।''
मेरे उत्तर ने उसे
जड़ से हिला दिया।
उसने ख़ुश होकर मुझे
नशे का बिस्कुट खिला दिया।
बिस्कुट खाते ही
मैं तुरंत बेहोश हो गया।
वह मेरे पैसे समेट कर
भारी भीड़ में खो गया।
होश आया तो मैंने
उसे खोज निकाला।
और उसके हाथ
जोड़कर कहा–''लाला।
तुम मेरे पास बचे
सारे पैसे ले लो।
परंतु नशे के बिस्कुट का
पूरा पैकेट मुझे दे दो।
मैं लोकतंत्र की डूबती
नाव खेना चाहता हूँ।
हर संसद-सदस्य को
ये बिस्कुट देना चाहता हूँ।
जिससे वे सब के सब
नशे में धुत हो जाएँ।
अपने घर जाकर
गहरी नींद सो जाएँ।
उनकी मूर्खताओं से
मुक्ति मिल जाएगी।
राष्ट्र के चेहरे पर
ख़ुशी खिल जाएगी।
समाज में मूर्खतापूर्ण
आचरण नहीं दिखेगा।
तो फिर कवि, मूर्खतापूर्ण
कविताएँ क्यों लिखेगा?''

मूर्ख मीमांसा

लड़के के बाप ने
दहेज के जिए टटोला।
तो लड़की का
चतुर-सुजान बाप बोला–
''मेरी लाड़ली
सबको बहुत भाती है।
उसे नृत्य, गायन,
सोलह कला आती है।
आप देखेंगे तो
ख़ुशी से झूम जाएँगे।
रंगीन टी.वी.
देखना ही भूल जाएँगे।
लड़के का बाप बोला–
''आप मुझे बातों में
क्यों उलझा रहे हैं?
आपकी लड़की के
ये ढेर सारे गुण
मुझे क्यों बता रहे हैं?''

उत्तर मिला–
''हे आदरणीय श्रीमान।
मैं आकर्षित करना
चाहता हूँ आपका ध्यान।
कि जब मेरी बिटिया
सबको बहुत भाती है।
रंगीन टी.वी. के
सारे करतब दिखाती है।
जब मेरी बिटिया है–
सोहन कला सम्पन्न,
सुंदर, सुशील, शालीन।
तो कोई मूर्ख ही होगा,
जो दहेज में माँगेगा
मुझसे टी.वी. रंगीन?
अगर मेरे आकलन
ठीक हैं, सटीक हैं, सही हैं।
तो निश्चय ही श्रीमानजी,
आप तो इतने मूर्ख नहीं हैं?''

बुरा-भला!

शिकायत की
अपनी नई पड़ोसन
मुझसे जलती है।
मेरी हर चीज़
उसे खलती है।
अब तक
उसके व्यंग्य बाणों को
मैंने बहुत सहा।
अजी,
आज उसने
सब लोगों के सामने
मुझे 'बुरा-भला' कहा।
पति ने
पत्नी का कथन
प्यार से सुना।
मन में गुना।
और फिर
एक ठहाका लगाया।
बोला–
पड़ोसन का संवाद
बहुत पसंद आया।
पड़ोसन के प्रति
मेरे मन में
अब जरा भी
मलाल नहीं रहा।
बल्कि ख़ुशी हुई
कि इस दुनिया में
एक औरत तो ऐसी है
कि जिसने तुझे
'बुरा' कहने के
साथ ही साथ
'भला' भी कहा!

हॉरर!!!

मिस्टर गुलकंद
हॉरर फ़िल्म देखकर
रात में देरी से घर आए।
पूरी फ़िल्म में
ज़रा भी नहीं घबराए।
परंतु
घर का दरवाज़ा खुलते ही
क्रोधित पत्नी ने
जब अपना चंडी रूप दिखाया।
तो श्रीमान को
पसीना निकल आया।
उन्होंने तुरंत
निर्माता को लिखा–
'महोदय,
भविष्य में यदि आप
कोई हॉरर फ़िल्म बनाएँ।
तो पाँच मिनट के लिए
मेरी पत्नी को
पर्दे पर अवश्य दिखाएँ।
एक ही फ़िल्म बनाकर
आप हॉरर फ़िल्म का
पुराना रिकार्ड धो देंगे।
कितने ही दर्शक
फ़िल्म देखकर
अपने होश खो देंगे'!
निर्माता ने
पत्र पढ़ते ही फ़ोन किया–
मिस्टर गुलकंद को
आड़े हाथ लिया–
'महाशय,
हॉरर फ़िल्म के लिए अगर
पत्नी को ही
पर्दे पर दिखाना है।
ज़ोर आजमाना है
तो मैं आपका द्वार
क्यों खटखटाऊँगा?
अपनी पत्नी को
पर्दे पर नहीं दिखाऊँगा'!
निर्माता-पत्नी ने
जब फ़ोन-संदेश सुना।
तो श्रीमान को
इस तरह धुना।
कि उनके भय के मारे
हाँथ-पाँव फूल गए!
और वे जीवन-भर
हॉरर फ़िल्म
बनाना ही भूल गए!!

कड़की : कपड़ों की

निर्माता ने निर्देशक से कहा–
'हमारी फ़िल्म की
हीरोइन
एक ख़ूबसूरत लड़की है।
परंतु फायनान्स की
इतनी अधिक कड़की है।
हम चाहकर भी उसे
सुंदर कपड़े
पहनाने में असमर्थ हैं।
देखिए न,
कितना बड़ा अनर्थ है।
निर्देशक चतुर था
उसने कम ख़र्च में ही
अपना काम चला लिया–
सिर्फ स्वीमिंग सूट में ही
हीरोइन को
फ़िल्मा लिया।
हाय! हीरोइन के
ख़ूबसूरत शरीर पर
कपड़ों की
इस कड़की ने
ऐसे करिश्मे उछाले।
कि दर्शकों ने
फ़िल्म देखने के लिए
अपने कपड़े
तक बेच डाले।

मच्छर मंतर!

सुबह-सुबह कान में
भुनभुन सुनाई दी,
मच्छर ने मुझे काटा।
मैंने क्रोधित होकर
उसे पकड़ा,
और बुरी तरह से डाँटा–
''तुम्हें शर्म नहीं आती,
रात के साथ, दिन में भी काटते हो।
नंगे-भिखमंगे निरीह,
'आम आदमी' के
ख़ून को चाटते हो?''
वह भन्नाया, भुनभुनाया–
''श्रीमान, मुझे डाँट रहे हैं कमाल है।
इस महँगाई के कारण, आपका-मेरा,
दोनों का ही बुरा हाल है।
चार-बार काटो तो
मुश्किल से एक बूँद
ख़ून निकलता है।
आपकी तरह मेरा परिवार भी,
दो शिफ्ट में काम करता है।
तब बड़ी मुश्किल से,
मेरा और परिवार का पेट भरता है।''
मैंने कहा–''तुम्हें पता है,
'आम आदमी' बदन में
ख़ून की कमी है।
वह नंगा-भिखमंगा है,
बदन रूखा-सूखा है,
आँखों में नमी है।
तो तुम 'काला धन' वाले,
'ख़ास' आदमी को
क्यों नहीं काटते हो?
'ख़ास' आदमी के बढ़िया
मलाईदार ख़ून को
क्यों नहीं चाटते हो?''
वह बोला–''आपको लगता है,
मैं अनपढ़, गंवार, बेकार मच्छर हूँ।
आपके कहने पर सूली चढ़ूँगा,
ध्यान रखिए, मैं समझदार साक्षर हूँ।
मैं समाचार पत्र पढ़ता हूँ,
स्क्रीन पर बैठकर टी.वी. देखता हूँ।
बेकार बहस पर हँसता हूँ,
'हॉट सीन' देखकर आँखें सेंकता हूँ।
श्रीमान, सत्य के संघर्ष का
यह युग नहीं है,
बहुत बुरा जमाना है।
'ख़ास' आदमी को काटकर,
मुझे पुलिस की लाठी नहीं खाना है।
हाँ, आपको शौक हो तो जाइए,
'खास' आदमी से टकराइये।
पुलिस की लाठियाँ खाइये,
चीखिये, चिल्लाइये,
हाथ-पैर तुड़वाइये।''

सापेक्षिक!

भूतपूर्व छात्र
बड़ा अफसर होकर
अपने गुरुजी से
मिलने आया।
कक्षा में सबके सामने
गुरुजी के चरणों में
मस्तक नवाया।
गुरु और शिष्य
गदगद होकर मिले।
दोनों के ही चेहरे
गुलाब से खिले।
भूतपूर्व छात्र ने
कक्षा में हो रही
धमा-चौकड़ी को
ध्यान में लिया।
और सकुचाते हुए
प्रश्न किया—'गुरुजी,
हमारे समय आप
अपनी कक्षा में
ज़रा सी भी हलचल
बर्दाश्त नहीं करते थे।
हम आपकी
छड़ी की मार से
बेहद डरते थे।
परंतु आज आप
इस धमा-चौकड़ी को
चुपचाप सह रहे हैं।
किसी भी छात्र से
कुछ नहीं कह रहे हैं?'
गुरुजी बोले—''बेटे,
मैं टी.वी. पर
संसद की कार्यवाही
देखने लगा हूँ।
और वहाँ की
धमा-चौकड़ी देखकर
अपने दुःख की आँखें
सेंकने लगा हूँ।
तुम्हें पता ही है
कि दुःख झेलने का
सापेक्षिक नाता है!
आदमी,
बड़ा दुःख देखकर
छोटा दुःख,
भूल जाता है!!''

लक्ष्मी प्रवेश!

अमीरचंद ने
मित्र ग़रीबदास से कहा–
'यार, तुम भी
किस्मत के हेटे हो।
लक्ष्मी पूजन हो गया
फिर भी तुम
मुँह लटकाए बैठे हो?
देखो, लोग कैसे
हँस रहे है
गा रहे हैं।
किस मस्ती से
अब तक दीपोत्सव
मना रहे हैं'?
वह बोला–
क्या करूँ भाई?
लक्ष्मी पूजन हो गया
परन्तु मेरे घर
लक्ष्मी नहीं आई?
मेरा दिल
रात-दिन रोता है।
आप ही कहिए
बिना लक्ष्मी के
उत्सव मनाने का
मन भी होता है'?
अमीरचंद बोले–
'मैंने तुम्हें
लक्ष्मी बुलवाने के
नुस्खे बताए थे।
क्या तुमने घर का
दरवाज़ा खुला रखा था,
और दीपक जलाए थे?''
वह बोला–
''श्रीमान अमीरचंद।
मैंने तो दरवाज़ा
खुला रखा था,
परन्तु तुम्हारे घर का
दरवाज़ा था बंद।
मैं दरवाज़ा खोलकर
और जलाकर
बैठा रहा बाती।
परन्तु बिचारी लक्ष्मी
तुम्हारे घर से निकलती
तभी तो मेरे घर आती'?

ख़ून खुराफाती!!!

एक विदेशी खटमल
भारत भ्रमण पर आया।
उसके सम्मान में
भारतीय खटमलों ने
एक आयोजन करवाया।
आयोजन के बाद
रात्रि भोज प्रसंग आया।
तो सबने विदेशी मेहमान को
चर्चित परिचित व्यक्ति के
पलंग तक पहुँचाया।
एक बूँद चखते ही
विदेशी खटमल
आहें-कराहें भरने लगा।
बार बार धुँआधार
उल्टियाँ करने लगा।
पूछने पर बोला–
'इस व्यक्ति के ख़ून में
न जाने कैसा लंद फंद है।
कुटिल कुटिलता द्वंद है,
भीषण भयानक दुर्गंध है।
सुनकर, भरतीय खटमलों ने
चर्चित परिचित व्यक्ति की जाँच
सी.बी.आई. से करवायी।
जाँच रिपोर्ट सामने आई–
'उसका कुटिल दिमाग
भ्रष्टाचार कीचड़ में फँसा है।
और शेष दूषित शरीर
हवाला कांड दलदल में धँसा है।
भारतीय मन पटल पर
रिपोर्ट का घाव अब तक हरा है!
लिखा है–'व्यक्ति विशेष के
शरीर में ख़ून नहीं,
बल्कि भ्रष्टाचार का
ज़हर ही ज़हर भरा है!!'

यक्ष प्रश्न!

उसे प्यास लगी थी
सामने पानी था
किसी ने कहा–
'पानी में ज़हर है'
वह क्या करता
पीता तो मर जाता
नहीं पीता तो भी मर जाता!
मरता क्या न करता
मन ही मन संकल्प लिया
साहस जुटाकर पानी पी लिया
चकित रह गए गगन और धरा
घंटों बीत गए, वह नहीं मरा
वह बोला–'शर्मिंदा हूँ!
ज़हर खाकर भी जिंदा हूँ!!'
उसे जिंदा देखकर
परिजनों ने ख़ुशियाँ मनाई
मिठाई बुलाई। उसे खिलाई।
यह घटना क्रम गज़ब कर गया
मिठाई खाते ही–'वह' मर गया!
मन में यह 'यक्ष प्रश्न'
बार-बार
अनेक बार उभर आता है!
जहाँ 'ज़हर' खाकर
आदमी जिंदा रहता है!
और 'मिठाई'
खाकर मर जाता है!!

'वध' रावण का!

मैंने पत्नी से कहा–
'रावण-वध' दृश्य को देखने,
आज मैं, दशहरा मैदान में जाऊँगा।
समारोह को देखूँगा,
इधर-उधर, सब तरफ टहलूँगा,
ज़रा देर से घर पर लौटकर आऊँगा।
परंतु मैं बहुत जल्दी,
मुँह लटकाये घर लौट आया,
तो पत्नी ने चिढ़कर,
कुढ़कर ताना मारा–
''घर में क़लम घिसते हो,
बाहर खुली उन्मुक्त हवा में,
क्यों नहीं लगता है,
ये कवि मन तुम्हारा?''
मैंने कहा–''भागवान,
उन्मुक्त हवा में भटकने का,
'रावण-वध' दृश्य देखने का,
मन बना लिया।
परंतु एक नहीं, अनेक
'रावण' के घृणित रूपों ने,
मेरे सुकोमल कवि मन को
आहत कर दिया।
घर में से निकलते ही,
मुहल्ले के गुंडे 'रावण' ने,
सीता सी सुकन्या पर उँगली उठाई।
कन्या चीखी-चिल्लाई,
परंतु 'राम-कीर्तन' में मगन,
लोगों को
उसकी चीख नहीं दी सुनाई।
आयोजन स्थल पर गया
तो 'रावण' का विशाल पुतला,
मरने मारने पर उतारू था, अड़ा था।
'रावण' प्रतिरूप लीडर,
राम का भव्य वेष धारण कर,
तीर कमान लिए,
उसके सामने खड़ा था।
कुकृत्यों को देखा, परखा,
इन सजीव रावणों के
राम भक्तों के
कायर यथार्थ को भोगा!
सोचा, वर्ष में एक दिन,
निर्जीव रावण को जलाने,
उत्सव मनाने से,
क्या 'रावण-वध' होगा?''

स्वतंत्र हैं घुसपैठिए!

हमने
एक व्यापारी से पूछा–
'स्वतंत्र दिन मनाया?
वह बोला–'जी हाँ,
बहुत मज़ा आया।
कुछ ज़रूरी चीज़ें
ब्लैक कर दी।
और अपनी
तिजोरी भर ली'!
हमने
एक अफसर से पूछा–
आपने
'स्वतंत्र दिन मनाया?
वह बोला–'जी हाँ,
बहुत मज़ा आया।
कुछ ज़रूरी चीज़ों का
परमिट दिया।
अपना भरपूर
कमीशन लिया!
हमने
एक घुसपैठिए से पूछा–
आपने
स्वतंत्र दिन मनाया?
वह बोला–'जी हाँ,
बहुत मज़ा आया।
हम और हमारे
घुसपैठिए
भारत में घुसने
ठसने-बसने में हैं
पूरी तरह स्वतंत्र!
आपके भारत की
आपस में
लड़ने-झगड़ने की
घटिया राजनीति है
हमारी
सफलता का मूल मंत्र!
एक दिन ऐसा आएगा।
जब आपका संपूर्ण देश
घुसपैठियों से भर जाएगा।
सब तरफ घुसपैठिए ही
घुसपैठिए नज़र आएँगे!
आप अपने भारत में
अपने ही नागरिकों को
ढूँढ़ते रह जाएँगे!!

सार्थक आँसू!

जब मैंने
रोती हुई
नदी से प्रश्न किया।
तो उसने
सिसकियाँ भरकर
उत्तर दिया–
'देखते नहीं,
मेरे ही बेटे
मेरे पानी के लिए
आपस में लड़ रहे हैं।
एक-दूसरे पर
आरोप मढ़ रहे हैं।
जबकि मैं जीवन भर
अपना सब कुछ
इन्हें बाँटती रही।
मेरे बेटों के चेहरों से
उदासी छाँटती रही।
परन्तु आज
मेरा मन
फूट-फूटकर रोता है।
क्या कहीं
माँ के दूध के
बँटवारे के लिए
उसके बेटों के बीच
युद्ध भी होता है?'
मैंने पूछा–
'भला क्या होगा
इस तरह रोकर?
आँसुओं से
अपना मुँह धोकर?'
वह बोली–
'मैं माँ हूँ न,
सोचती हूँ
मेरे आँसुओं से
जल-स्तर बढ़ेगा
तो इतना जल
उपलब्ध हो जाएगा!
कि फिर
मेरे बेटों को
मेरे पानी के लिए
आपस में लड़ने का
प्रसंग नहीं आएगा!!'

असंसदीय!

बजट सत्र का
समापन होने वाला था।
कई बाजीगरों ने
वहाँ डेरा डाला था।
संसद के आस पास
कई तंबू गड़े थे।
कुछ छोटे थे,
और कुछ बड़े थे।
एक तंबू में कोई
देशी कुश्ती के दाँव
सिखा रहा था।
तो दूसरे में
जूड़ो-कराटे का
पाठ पढ़ा रहा था।
तीसरे तंबू में
ताकत की दवाई
बेंच रहा था।
नोट ही नोट
खैंच रहा था।
तंबूओं में भीड़ थी
परंतु अचंभा बड़ा था।
एक तंबू बिल्कुल
ख़ाली पड़ा था।
ख़ाली तंबू वाले से
मैंने प्रश्न पूछा।
तंबू ख़ाली रहने की
पहेली को बूझा।
तो वह बोला–
''मैं स्वतंत्रता सेनानी हूँ,
संसदीय व्यवहार की
शिक्षा देता हूँ।
बदले में मैं
कुछ भी नहीं लेता हूँ।
असंसदीय व्यवहार
देखकर-सुनकर
मेरा सिर चकराता है!
संसदीय व्यवहार की
शिक्षा ग्रहण करने
कोई सांसद
मेरे पास नहीं आता है!!''

नेता : अभिनेता

सुना है
कई अभिनेताओं का
नेता बनने का विचार है।
समझ लीजिए
कि दर्शक का बंटाढार है।
क्योंकि नेता तो
जन्मजात अभिनेता होता है।
वह एक ही समय
एक आँख से हँसता है
और दूसरी से रोता है।
वोट माँगने के लिए
वह जिस तरह
अपने चेहरे पर
दीनता के भाव लाता है।
क्या उसके
अभिनय की गहराई
कोई भी समझ पाता है?
फिर वही नेता
जब कुर्सी पर बैठता है।
बैठे-बैठे ऐंठता है।
तब उसकी अदा
जो कहर ढाती है।
क्या उसकी
अभिनय-कला-पटुता
समझ में भी आती है?
तथ्य यह है कि
नेता के असली चेहरे पर
हमेशा
अभिनय के
रंग-बिरंगे मुखौटे लटकते हैं।
बेचारे दर्शक भटकते हैं।
अब अगर अभिनेता भी
नेता के मुखौटे
लटकाने पर
उतर आएँगे।
तो भोले-भाले दर्शक
असली चेहरों की
एक झलक पाने के लिए भी
तरस-तरस जाएँगे!

क्या आप स्वतंत्र हैं?

(1)

क्या आप स्वतंत्र है?
जी,
स्वतंत्र हम कहाँ?
स्वतंत्र तो है
वह चीनी
जो ग़रीब की छाती पर
नागिन की तरह
डोलती है!
और जिसकी
दिन पर दिन
बढ़ती हुई कीमत
त्योहारों के मुँह में
कड़ुवाहट का ज़हर
घोलती है!!

(2)

क्या आप स्वतंत्र है?
जी, स्वतंत्र हम कहाँ?
स्वतंत्र तो है
वह तेल
जो रह-रह कर
बढ़ते हुए मूल्यों के
तेवर दिखाता है!
जिसे याद करके ही
आम आदमी का
तेल निकल जाता है!!

(3)

क्या आप स्वतंत्र है?
जी,
स्वतंत्र हम कहाँ?
स्वतंत्र तो है
वह गुण्डागर्दी
जो नित नए तरीके से
शांति और व्यवस्था को
छलती है
जिसे और कहीं
मिले ना मिले
परंतु आजकल
थानेदार की नाक के नीचे
शरण ज़रूर
मिलती है!!

अनेक राम चाहिए!

नगर का मैदान
विस्तृत था, विशाल था, बड़ा था।
बीच मैदान में
रावण का भव्य पुतला खड़ा था।
उत्सवी भीड़
कर रही थी हास-परिहास।
अचानक गूंजी
रावण के अट्टहास की आवाज़।
मैंने पूछा–''रावण,
पता है, तुझे तुरंत मरना है।
भगवान राम को
अभी तेरा संहार करना है।
फिर भी तू मस्त
उन्मुक्त अट्टहास कर रहा है।
आसन्न मृत्यु से
तू बिल्कुल भी नहीं डर रहा है?''
वह हँस कर बोला–
''मुझे इस बात की बेहद ख़ुशी है।
कि विश्व भर में
मेरे वंशजों की धूम मची है।
ये मेरे लिए सुख-आनंद के,
ख़ुशी के क्षण हैं।
विश्व भर में
अब एक नहीं, अनेक रावण हैं।
ये मेरे वंशज
मुझसे भी चार क़दम आगे हैं।
इनके भयंकर
और भीषण ख़ूनी इरादे हैं।
ये मुझसे ज़्यादा
क्रूर हैं, कठोर-कुत्सित कुटिल हैं।
इनके युद्ध तंत्र
और षड़यंत्र, कठिन हैं, जटिल हैं।
निर्जीव पुतले के
दहन की शूरता मत दिखाइये।
जाइए, रामजी को
वास्तविक युद्ध-स्थिति बताइए।
विजयादशमी की
ये शुभ घड़ी है, शुभ महूरत है।
अब रामजी के
नित नए अवतार की ज़रूरत है।
रावण ही रावण हैं,
यदि उनका काम तमाम चाहिए।
तो अब विश्व को
एक नहीं अनेक राम चाहिए''।

सरकारी हिन्दी!

सरकारी विभाग के
हिन्दी अधिकारी
हमारे घर आए।
मंद-मंद मुस्कराए।
और बोले–
''गवर्नमेंट के ऑर्डर हैं–
हिन्दी दिवस
सेलीब्रेट कीजिए।
हिन्दी लिटरेचर के
रायटर के
घर भेंट दीजिए।
सुना है
हिन्दी लिटरेचर के
फील्ड में
आपका बहुत नाम है।
प्लीज
फोरटीन्थ सप्टेम्बर को
ऑफ़िस में आइए
बढ़िया प्रोग्राम है।
वैसे प्रोग्राम
बहुत सादा है।
आपको चीफ गेस्ट
बनाने का इरादा है।
आपको ज़्यादा
'पेन' नहीं लेना है।
कुछ लोगों को
हिन्दी के प्राइज देना है।
बस, हिन्दी पर
जोरदार
लेक्चर झाड़ देना।
हाँ, ऑफ़िस में मेरा
झंडा गाड़ देना।
क्योंकि
हमारे डायरेक्टर
फंक्शन प्रिसाइड करेंगे।
वो फरदर
प्रमोशन डिसाइड करेंगे।
हाँ, एक्सक्यूज भी
ज़रा मुझे
जल्दी जाना है!
कान्वेंट से बच्चे को
लेकर आना है!!''

विकास व्यथा!

ग़रीब फटेहाल
आम आदमी के पास।
होकर उदास।
चुनाव तिथि घोषणा के
पहले भैयाजी आए।
उन्होंने विकास के
सब्जबाग दिखाए।
बोले– 'देखिए,
देश के लिए
समर्पण चाहिए।
आपका तन, मन
और धन चाहिए।'
ग़रीब फटेहाल ने
पहले अपनी,
खस्ता हालत पर
खूब गौर किया।
फिर उत्तर दिया–
'वैसे तो मेरा
हाल-बेहाल है।
परंतु जहाँ तक
देश का सवाल है।
तन और मन
पहले ही दे चुका हूँ,
अब धन के नाम पर
बदन पर लिपटे
चीथड़े भी ले जाइए।
विकास गीत गाइये!'
चुनाव तिथि
घोषित होते ही
वे फिर से आए।
उस ग़रीब के
नंगे बदन को
देखकर मुस्कराए।
विहंस कर बोले–
यह अपनी परंपरा
लीक नहीं है।
नंगे बदन
रहना ठीक नहीं है।
जोश में आकर
वे चुनावी
भाषण सुना गए!
आश्वासन की
लंगोटी पहना गए!!'

गोपनीय!

बहुचर्चित फ़िल्म
'राष्ट्र धर्म' की
शूटिंग का प्रसंग था।
फ़िल्म का
सारा स्टॉफ दंग था।
क्योंकि
आज सुपर स्टार को
अपनी एक्टिंग का
जलवा दिखाना था।
'राष्ट्रधर्म' का
पाठ पढ़ाना था।
शूटिंग शुरू होते ही
सुपर स्टार ने
विलन को
बुरी तरह पीटा।
फिर वह
जोर से चीखा–
'क्या राष्ट्र की समृद्धि
इस तरह
लुटाई जाती है?
स्विस बैक में
खाता खोलते हुए
तुम्हें ज़रा भी
शर्म नहीं आती है?'
परन्तु शूटिंग
समाप्त होते ही
वही सुपर स्टार
राष्ट्रद्रोही विलन के
पास में आया।
उससे पुलककर
हाथ मिलाया।
फिर उसे
एकांत में ले जाकर
ब्रीफकेस खोला।
और ढेर सारा
काला धन
दिखाकर बोला–
'यार ज़रा पास
और पास आओ!
हमें भी
स्विस बैक में
खाता खोलने का
तरीका बताओ'!!

अनर्थ!

हम स्वतंत्र हैं
क्योंकि अब हम
रेल की पटरियाँ
उखाड़ सकते हैं।
क़ानून और व्यवस्था
का हुलिया
क्षण भर में
बिगाड़ सकते हैं।
हम स्वतंत्र हैं
क्योंकि अब हम
जब चाहे तब
हड़ताल और बन्द का
नारा दे सकते हैं।
भरे चौराहे पर
बहन और बेटी की
इज्जत लूट सकते हैं।
हम स्वतंत्र हैं
क्योंकि अब हम
अभिव्यक्ति के नाम पर
मन की भड़ास
निकाल सकते हैं।
किसी भी
साफ-सुथरे चेहरे पर
कीचड़
उछाल सकते हैं।
हम स्वतंत्र हैं,
क्योंकि अब हम
स्वतंत्रता मूल्यों को ही
सूली पर
चढ़ा सकते हैं।
अपने ही हाथों
अपने घर में आग
लगा सकते हैं।

टीका!

वे अपनी कुर्सी की
मस्ती में बैठे थे।
सिर पर
औंधी टोपी रखकर
आराम से बैठे थे।
हमने पूछा–
'अरे प्रशासन ने
बार-बार
इतना शोर मचाया।
परंतु आपने
पोलियो का टीका
नहीं लगवाया'?
सुनकर वे
बुरी तरह झल्लाए।
सीधे गाली-गलौच पर
उतर आए।
बोले–'क्या हम छोटे बच्चे हैं।
क्या आपको लगता है
हम इतने कच्चे हैं।
कि हम हमारे पैरों पर
खड़े न हो पाएँ।
और पोलियो का
टीका लगवाएँ'?

हमने कहा–
'नाराज न हों श्रीमान।
ज़रा आपके
अपने व्यवहार पर
अगर दें ध्यान।
तो आपको दिखेगा
कि आप समस्याओं से
जूझने में कतराते हैं।
बात-बात पर
आपके
पाँव लड़खड़ाते हैं।
आपके नेतृत्व के
लड़खड़ाने से
पूरा देश लड़खड़ाता है।
चाहकर भी
अपने पैरों पर
खड़ा नहीं हो पाता है।
इस देश की
जो आपने
यह बना दी गत है।
उसमें बच्चों से
कहीं ज़्यादा,
आपको पोलियो के
टीके की ज़रूरत है'!!

'बालक' बलिहारी!

मुन्ना पढ़ रहा था–
'बच्चे का पालन पोषण'
शीर्षक वाली किताब।
कुछ देर तक तो,
बाप की समझ नहीं आया,
इस 'करतब' का हिसाब।
पहले बाप ने,
बाल मनोविज्ञान की
इस गूढ़ पहेली को बूझा।
जब पहेली का,
हल नहीं सूझा, तो उसने
मुन्ने से कारण पूछा–
''मुन्ना, यह किताब,
तुम्हारे कोर्स में नहीं है,
फिर क्यों पढ़ रहे हो?
ये किताब पढ़कर,
क्या उपद्रव का नया
कीतिर्मान गढ़ रहे हो?''
मुन्ने ने पहले
पिता द्वारा किए गए,
प्रश्न के महत्त्व को टटोला।
फिर थोड़ी देर
पिता को घूरते हुए
धीर-गंभीर स्वर में बोला–
''जब बच्चा कोई
किताब को पढ़ रहा हो,
इस तरह टोकना ठीक नहीं है।
किताब में लिखा है–
'ये सुसभ्य पिता के,
सद व्यवहार की लीक नहीं है।'
यह किताब पढ़कर,
मैं देखना चाहता हूँ–
''किताब के ज्ञान से
आपका क्या नाता है?
पापा, क्या आपको
'बच्चे का पालन पोषण'
ठीक ढंग से
करना भी आता है?''

रेल के खेल!

(1)

सतर्क संकट!
दुर्घटनाग्रस्त रेल का
क्षतिग्रस्त ड्रायव्हर
अस्पताल के
बिस्तर पर पड़ा था।
मित्र परिवार
उसे घेरकर खड़ा था।
रेलमंत्री ने पूछा–
''क्या रेल चलाते समय
आप मन ही मन
कोई कहानी-किस्सा
गढ़ रहे थे?''
उत्तर मिला–''नहीं सर,
दुर्घटना तब हुई
जब हम
रेल मंत्रालय की किताब-
'दुर्घटना से कैसे बचें' को
ध्यान से पढ़ रहे थे!''

(2)

नहले पर दहला!
दूल्हे ने
दुल्हन से कहा–
''मेरी इच्छा दहेज में
कार लेने की है।
क्या तुम्हारे
पिताजी की हैसियत
उसे देने की है?''
उत्तर मिला–''श्रीमन,
विवाह को
मत समझो खेल।
मेरे पिताजी तो
दे सकते हैं रेल।
चाहो तो आजमा लो!
हाँ, पहले
अपने पिताजी से कहकर
मेरे नगर से
अपने नगर तक
रेल पटरी बिछवा लो!!''

एक पारिवारिक परिक्रमा

(एक)

उसकी आँख जाली है
नाक टूटी हुई प्याली है,
रंग-रूप में
कोयल से भी अधिक काली है
फिर भी मैं
उसे 'ब्यूटी क्वीन' कहता हूँ
क्योंकि वह मेरी साली है।

(दो)

आजकल
मेरा मन बहुत उदास है
क्योंकि
मेरी पत्नी के पास
एक महीने से मेरी सास है।

(तीन)

वह जो
मेरे ही घर के
ड्राइंग रूम में
अजगर की तरह पसरा है
वह और कोई नहीं
मेरी पत्नी का बाप
यानी कि मेरा ससरा है।

(चार)

वह मुझे रोज
कोई-न-कोई
बहाना बनाकर ठगता है
मैं सब समझता
परंतु कुछ कह नहीं सकता
क्योंकि वह
मेरी पत्नी का भाई लगता है।

(पाँच)

और वह मेरी पत्नी है
जिसको मुझसे बहुत प्यार है
इसीलिए
पति के साथ सती होने का
उसका 'पवित्र' विचार है
उसकी सिर्फ
यही शिकायत है
कि मैं उसकी बात को
गंभीरता से नहीं लेता हूँ।
पति के साथ
सती हो जाने का
उसे एक भी
अवसर नहीं देता हूँ।

चक्कर पर चक्कर

अभिनेत्री के साथ
प्यार की बात करके
वे पछताए।
क्योंकि
प्रेम के प्रारंभ में ही
अभिनेत्री ने उनसे
पार्क में लगे पेड़ के
कई चक्कर लगवाए।
बड़ी मुश्किल से
ख़त्म हुआ
जब प्रेम-प्रक्रिया के
चक्करों का सिलसिला।
तब उन्हें
विवाह करने का
सुखद अवसर मिला।
पर बेचारे
विवाह-मंडप में भी
चक्कर के चक्कर से
नहीं बच पाए।
क्योंकि वहाँ भी
पंडित ने उनसे
अग्नि-देवता के
सात चक्कर लगवाए।
उनके जीवन के
हर पल, हर छिन
चक्कर पर चक्कर
लगाने में ही
बीते जा रहे हैं।
सुना है
कि आजकल वे
तलाक के लिए
वकील के घर पर
चक्कर लगा रहे हैं!

मैं नहीं मरूँगा

विजयादशमी मंडप में
मुझे रावण मिल गया।
उसकी मस्ती देखकर
मेरा कलेजा हिल गया।
मैंने पूछा—''अरे रावण,
तुझे राम से लड़ना है।
भारी भीड़ के सामने
उनके हाथों मरना है।
परंतु तू मगन मस्त
हँस रहा है, गा रहा है।
क्या तुझे मौत का डर
नहीं सता रहा है?''
वह बोला—''कविजी,
अब मैं लड़ने झगड़ने के
झंझट में नहीं पड़ता हूँ।
रामायण युग की तरह
श्रीरामजी से सीधी
लड़ाई नहीं लड़ता हूँ।
भारतीय राजनीति की
कुटिलता भा गई है।
छुपकर वार करने की
मुझे कला आ गई है।
अब मैं राम से नहीं
राम की प्रवृत्ति से
लड़ाई लड़ता हूँ।
मौका मिलते ही
अपनी राक्षसी शैली में
प्रहार करता हूँ।
कभी सरसों तेल में
मिलावट कर देता हूँ।
विदेशी हाथ कहकर
हाथ झटक लेता हूँ।
पशु चारा खाता हूँ,
उसे शान से पचाता हूँ।
जेल जाने के समय
फाइव स्टार अस्पताल में
भरती हो जाता हूँ।
भीषण भ्रष्टाचार से
सोना-चाँदी समेटता हूँ।
फिर गठबंधन सरकार में
शामिल होकर,
सबके कान उमेठता हूँ।
अब मैं इन्ही हथकंडों का
सफल प्रयोग करूँगा।
अपने संतोष के लिए
मेरा पुतला जला लेना,
परंतु सुन लो, अब मैं
कभी नहीं मरूँगा''!

वंदना! विडंबना!!

बच्चा सरस्वती वंदना का
पाठ कर रहा था।
बाप,
उसके गाल पर
चाँटे धर रहा था।
मैंने पूछा–
''तुम बच्चे को
क्यों मार रहे हो?
बेचारे पर
किस बात का गुस्सा
उतार रहे हो?''
उत्तर मिला–
''देखते नहीं,
ये मेरा कपूत
सरस्वती वंदना का
पाठ कर रहा है।
मेरे मस्तिष्क में
सदबुद्धि का
भाव भर रहा है।
जबकि भ्रष्ट बुद्धि ने
मुझे भ्रष्टाचार का
पाठ पढ़ाया है।
उसी के बल पर
मैंने धन-धान्य
कुर्सी पद पाया है।
भ्रष्ट बुद्धि से
मुझे मिली
जो कुटिल दीक्षा है।
उसी से मैंने
राजनीति का
छल-कपट सीखा है।
अभी सिर पर
अपने देश के चुनाव हैं।
मुझे लगाने
छल, कपट, प्रपंच के
कुत्सित दाँव हैं।
ये सरस्वती वंदना
मेरे मस्तिष्क में
सदबुद्धि के
पावन भाव जगाएगी।
तो मेरी कुकर्मों की
ये दूकान ही
बंद हो जाएगी।।''

विसंगति व्यथा!

एक पाठक ने प्रश्न किया–
''कविवर,
आप क्यों फूट-फूट कर रो रहे हैं?
क्यों अपने मधुरिम मुखमंडल को,
आँसू के खारे जल से धो रहे हैं?''
हमने कहा–''हे प्रिय पाठक, जबसे
बाघों के मरने की ख़बर आई है।
हमारा मन विचलित है, व्यथित है।
हमारी भावुक आँख डबडबाई है।''
पाठक बोला–''आपने यह प्रसंग,
व्यर्थ में गंभीरता से लिया है।
आप जानते हैं, जन्म और मृत्यु,
नियति की प्राकृतिक प्रक्रिया है।''
हमने कहा–''हम इस प्रक्रिया को,
समझते, स्वीकारते, जानते हैं।
जन्म और मृत्यु के इस चक्र को
खूब अच्छी तरह पहचानते हैं।
हम तो केवल प्रकृति-असंतुलन,
विसंगति से व्यथित और शर्मिंदा हैं।
हमारा दुख, पीड़ा, व्यथा है कि
बाघ मर रहे हैं, भेड़िये जिंदा हैं।''

वही पाठक कुछ दिन के बाद हमें,
व्यस्त चौराहे पर फिर से मिल गया।
हमें फूट-फूट कर रोता हुआ देख,
प्रिय पाठक का कलेजा हिल गया।
पूछने पर, हमने बताया–''जबसे,
मोरों के मरने की ख़बर आई है।
हमारा मन विचलित है, व्यथित है,
हमारी भावुक आँख डबडबाई है।''
पाठक बोला–''कविवर, आप व्यर्थ
हर बात गंभीरता से लेते हैं।
ईश्वर हर प्राणी के जन्म के साथ
मृत्यु का लेखा भी लिख देते हैं।''
हमने कहा–''हमें जन्म-मृत्यु का,
विधि का लेखा-जोखा खूब पता है।
परंतु हमारी कष्ट-कथा अलग है
हमारे मन की अलग ही व्यथा है।
हम तो केवल प्रकृति-असंतुलन,
विसंगति से व्यथित और शर्मिंदा हैं।
हमारा दुःख पीड़ा, व्यथा है कि
मोर मर रहे हैं, ये गिद्ध जिंदा हैं।''

प्रदूषण!

भगवान के
एक परम भक्त का
भक्ति में ध्यान था।
परंतु
प्रदूषण के दूषण से
वह पीड़ित-परेशान था।
प्रदूषण पर
दिल्ली में हो रही
मारकाट और खींचतान।
देखकर भक्त
हो गया अत्यधिक
हैरान, परेशान, हलाकान।
प्रदूषण की
राजनीति करने वालों से
उसने बहुत आग्रह किया।
परंतु
स्वार्थी राजनीतिज्ञों ने
उसे कोई महत्त्व नहीं दिया।
हारकर अंत में
वह भगवान की शरण आया।

और भगवान से
उसने अपना दुखड़ा सुनाया
भगवन,
प्रदूषण पीड़ित भक्तों पर
एक कृपा कीजिए।
दिल्ली से
सबसे बड़ा प्रदूषण केन्द्र
गायब कर दीजिए।
भगवान को
प्रदूषण पीड़ित भक्तों पर
अत्यधिक तरस आया।
भगवान ने
अपनी परम शक्ति का
चरम चमत्कार दिखाया।
भगवान का
चरम चमत्कार
अजब था, गजब था।
दूसरे ही क्षण
दिल्ली परिक्षेत्र से
'संसद भवन' गायब था!

अंतरराष्ट्रीय बाल वर्ष!

नगर के
प्रसिद्ध सभा भवन में
एक बाल विशेषज्ञ
भाषणबाजी कर रहे थे।
शब्दों की कूची से
कल्पना के कैनवास में
रंग भर रहे थे।
फुटपाथ पर भटकते हुए
कुछ भोले मासूम बच्चे
भीतर चले आए।
इन बड़े बूढ़ों की
भारी भीड़ देखकर
बेचारे घबराए।
जब उनसे किसी ने पूछा
तो वे बिलखने लगे।
उनकी, आँखों से
आँसू छलकने लगे।
भरी सभा को
उन्होंने अपने भूखे पेट
और फटे कपड़े दिखलाए।
याचना के लिए
नन्हें-नन्हें हाथ
उन संभ्रांत लोगों के
सामने फैलाए।
यह दृश्य देखकर
वक्ता महोदय का
चेहरा तमतमाया।
उन्हें बहुत क्रोध आया।
तुरन्त ही
बच्चों को धक्का देकर
उन्होंने सभा भवन से
बाहर निकाला।
और संभ्रांत श्रोताओं की ओर
यह कथन उछाला–
''अजीब बच्चे हैं
यहाँ आकर अपना
दुखड़ा सुना रहे हैं!
उन्हें पता नहीं है
कि हम यहाँ पर
धूमधाम से
'अन्तरराष्ट्रीय बाल वर्ष'
मना रहे हैं।''

आप? पाप!!

पड़ोस के लाला पलटूराम
कल हमारे पास आए।
पहले कुछ सकुचाए,
फिर प्रयास कर
डेढ़ इंच मुस्कुराए।
धीरे से बोले–
'भाई साहब, गजब हो गया।
सुना है कि
हिमालय की घाटी में
परमाणु संयंत्र खो गया।
उसका प्रदूषण
गंगा की गरिमा को
धो जाएगा।
हाय! गंगा का पावन जल
दूषित हो जाएगा'।
हमने कहा–'लालाजी,
आपके समान
कई धर्म प्रेमी महानुभाव
जीवन भर
पाप की गठरी जुटाते हैं।
और फिर मौका पाकर
गंगा के जल में
उसे डुबा आते हैं।
वह जितना भी
आपके पाप छुड़ाता है।
उतना ही
आपको फिर से
पाप करने के लिए
लायसंस मिल जाता है।
इन पाप की गठरियों कों
धोते-धोते
वह अपनी
निर्मल कांति खो रहा है।
उसे पश्चाताप हो रहा है।
अगर यह
परमाणु संयंत्र भी
अपना पराक्रम दिखाएगा।
तो कम से कम
पावन गंगा जल
आपके पाप धोने के
पाप से तो बच जाएगा'!

समझौता वार्ता?

दोनों दिग्गज
लंबे अरसे तक
रूठे रहने के बाद
बड़ी मुश्किल से मिले।
तो सहयोगियों के
चेहरों पर
ख़ुशियों के गुलाब खिले।
उनके गले मिलन की
बात सुन कर
लोग अटकले लगाने लगे।
कुछ सहयोगी
गले मिलन केन्द्र के
बाहर बैठकर
हवाई किले बनाने लगे।
जब बड़ी देर तक
भीतर से
आवाज़ नहीं आई।
तो बेचारे
सहयोगियों की
तबीयत घबराई।
एक सहयोगी ने
सकुचाते हुए
खिड़की से झाँककर
भीतर देखने का
उपक्रम किया।
और परेशान होकर
अपने साथियों को
यह संदेश दिया–
'कि दोनों दिग्गज
जैसे के वैसे
एक-दूसरे से ऐंठे है।
समझौता वार्ता
करने के लिए
'चुपचाप' बैठे हैं'!

विश्वास? अविश्वास!

विश्वास? अविश्वास!
हमने एक दूध वाले को,
यूरिया से दूध बनाते हुए पकड़ा।
प्रश्नों की बौछार के,
गंभीर आरोपों के घेरे में जकड़ा।
कहा–''जघन्य पाप करते,
तुम्हें ज़रा-सी भी शर्म नहीं आती है।
तुम्हारी कुटिल करतूतों से,
भावी पीढ़ी बरबाद हुई जाती है।
गटर के गंदे पानी में,
ज़हर की पुड़िया घोलते हो?
चौक, बाज़ार, हाट में,
उसे शुद्ध दूध के भाव में तौलते हो?''
आरोप सुनकर दूधवाला,
ज़रा भी डरा नहीं,
अकड़ कर बैठ गया।
मूँछों को ऐंठने लगा,
फिर तनी हुई मूँछों की तरह ऐंठ गया।
बोला–''आपको पता है,
यूरिया उपज वृद्धि के काम आता है।
इसे खाने और पचाने से,
बंजर शरीर उपजाऊ बन जाता है।
यूरिया से दूध बनाकर,
शरीर में पोषण तत्त्व पहुँचा रहे हैं।
ग़रीबों के बंजर शरीर को
हम स्वस्थ और
उपजाऊ बना रहे हैं।
एक हम हैं, जो लोगों में,
पोषण तत्त्व का विश्वास जगा रहे हैं।
एक आप हैं जो हम पर,
व्यर्थ अविश्वास आरोप लगा रहे हैं।''
हमने दूसरा आरोप मढ़ा–
''सुना है, दूध में शैम्पू मिलाते हो।
शैम्पू मिला दूध–ज़हर,
इस भोली-भाली जनता को
पिलाते हो!''
वह बोला–''आपको पता है,
शैम्पू शरीर की गंदगी धोता है।
शरीर स्वच्छ रखने को,
शैम्पू का विधिवत प्रयोग होता है।
शैम्पू लगाकर, नहाकर,
बदन पर लगी गंदगी को धोते हैं।
परंतु शरीर के भीतर की,
गंदगी के नाम से हमेशा रोते हैं।
एक हम हैं जो भीतर की,
गंदगी हटाकर विश्वास जगा रहे हैं।
एक आप हैं जो हम पर,
व्यर्थ अविश्वास आरोप
लगा रहे हैं!''

मोह भंग!

पहले उन्होंने
टोपी सीधी की।
फिर अपनी
जाकेट ढीली की।
और फिर
भारी भीड़ में
अपना मज़मा जमाया।
लोगों को
प्यार से समझाया–
''देखिए
अगर आप हमें
चुनकर देंगे।
तो हम
आपकी झोली
ख़ुशियों से भर देंगे।
आप भर पेट
रोटी खाएँगे।
उस पर हम
देशी घी लगाएँगे।
सस्ते सुंदर
कपड़े मिलेंगे।
जिन्हें पहनकर
आपके चेहरे खिलेंगे।
उपलब्ध होंगे
मजबूत पक्के मकान।
जिसमें रहकर
बढ़ेगी आपकी शान।
रेल में
कंडक्टर आपका
स्वागत करेगा।
रिझर्वेशन के पैसे
वही भरेगा।
आपकी
तबियत खिलेगी।
जब बस में
बैठने के लिए
जगह मिलेगी।
एक चमचे ने
प्रशंसा की–
'ये महाशय तो
धरती पर
स्वर्ग ला रहे हैं'।
श्रोता बोले–
''अरे घर चलो
ये हमें,
'अप्रैल फूल' बना रहे हैं!!

बदरंग 'धन-रंग'!

टी.वी. में देख-सुनकर
अख़बार में पढ़-पढ़कर
'काले-धन' के समाचार।
गंवई-गाँव की अनगढ़
तेज-तर्रार पत्नी के
बदन में लग गई अंगार।
पहले वह कुछ झल्लाई
अधरों-अधरों मे बर्राई–
फिर जोर-शोर से गुर्राई–
''सुनोजी, तुमने जीवन भर
प्रायमरी स्कूल में की
काग़ज़-क़लम की घिसाई।
'काले-धन' पर टी.वी.
छोटे-बड़े अख़बार ने
विपक्ष ने हंगामा मचाया।
परंतु काली कमाई वाले
'पराक्रमियों' की सूची में
तुम्हारा नाम नहीं आया?''
पति बोला–''अरी भागवान,
गाँव की प्रायमरी स्कूल का
मैं एक छुटभैया टीचर हूँ।
गाँव-गली घर-परिवार में
सरकार के शाही दरबार में
मैं फटीचर था, फटीचर हूँ।
तुझे पता ही है, शरीर पर
लटक रहे, ये जो कुछ भी
कपडे हैं, साफ-सफेद हैं।
परंतु भीतर में जो मैंने
मैली-कुचैली बनियाइन
पहनी है, छेद ही छेद हैं।
मुश्किल से मेरे नाम से
जो कुछ वेतन निकलता है,
कभी मेरे हाथ नहीं आता है।
गाँव का दबंग साहूकार
स्कूल से वसूली करके
अपने घर लेकर जाता है।
महँगाई मार, साहूकार के
अत्याचार ने जीवन का
किया, बदरंग-रंग-ढंग है।
कभी देख ही नहीं पाया
'धन' का हरा, नीला, पीला
या 'काला' कौन सा रंग है?

कुछ धुआँधार समाचार

(1)

अंतरराष्ट्रीय ख्याति-प्राप्त तैराक
श्री तरनसिंह तरल
जिनका स्वभाव था बहुत सरल
जिन्होंने इंग्लिश चैनल को
तैरकर पार करने में
विश्व का रिकार्ड तोड़ा था
तैरते-तैरते ही
प्रशांत महासागर को
हिंद महासागर से जोड़ा था।
कल
तैराकी के क्षेत्र में
एक बहुत बड़ा कमाल कर गए
पत्नी की डाँट पड़ी
चुल्लू-भर पानी में
डूबकर मर गए।

(2)

प्रसिद्ध पर्वतारोही
श्री शिखरचंद चोटी
जिनकी अभी उम्र थी
बहुत छोटी
जो पैदा होते ही
प्रसूति-गृह की बिल्डिंग की
बारहवीं मंजिल पर चढ़ गए थे
बचपन में ही
सतपुड़ा पर्वत की
ऊँची चोटियों से भिड़ गए थे
परसों, उनकी भाग्यलक्ष्मी
उनसे रूठ गई!
हुआ यह
कि वह अपने ही घर में
स्टूल से गिर गए
उनके मोच आई तो आई
स्टूल की टाँग टूट गई!!

(3)

अलीगढ़ के प्रसिद्ध
तालों की दूकान के मालिक
श्री तिजोरीमल तालेवाला
हाय! उनका,
निकल गया दीवाला
परंतु बेचारे
न तो अपना दुःख-दर्द
किसी से बोल पाते हैं।
न ही दीवालिया हो जाने का
रहस्य खोल पाते हैं
क्योंकि कुछ चोर
उनकी ऐसी आफत कर गए।
कि उनकी ही
दूकान का ताला तोड़कर
तालों पर हाथ साफ़ कर गए।

'कोरोना' का 'रोना'!

''आइए, आइए, आइए।
कुछ देर के लिए
हमारे पास बैठ जाइए।
हमारे साथ बैठकर
'कोरोना' का 'रोना' रोइये।
'कोरोना' के आँसुओं से
अपना मुँह धोइये।''
कपड़ा दूकानदार ने पूछा–
'हमें क्या मिलेगा?'
हमने कहा–''श्रीमान,
आपका चेहरा खिलेगा।
आपकी दूकान में
जो कपड़े का थान पड़ा है।
बेकार में अड़ा है।
उसके टुकड़े कीजिए।
'मास्क' बनाकर बेंचिये!
नोट ही नोट खैंचिये।''
हमें क्या मिलेगा–
पूछ बैठा एक कबाड़ी।
हमने कहा–''यार,
तुम हो बहुत अनाड़ी।
ख़ुशियाँ तुम्हारे द्वार
हाथ जोड़कर खड़ी हैं।
तुम्हारे कबाड़ में
जो बेकार की बोतलें पड़ी हैं।
उनमें घर के साबुन का
पानी भर कर बेंच दो।
नोट ही नोट खैंच लो''।
माना कि 'कोरोना'
एक भीषण महामारी है।
परंतु उसका नाम लेकर
जो शुरू की गई दूकानदारी है।
वह महामारी से
कहीं ज़्यादा भयानक है।
राष्ट्र के लिए
अत्यन्त हानिकारक है।
यह सच है कि
महामारी से जूझना मजबूरी है!
परंतु स्वार्थी दूकानदारी
बंद करना भी ज़रूरी है''!!

वापस चला गया!

गाँव के रामदयाल को
पढ़ना-लिखना
बहुत अधिक भाता था।
परिसर के सभी स्कूल में
हरदम पहले नंबर पर आता था।
वह लगातार बार-बार
नवीन ज्ञान-विज्ञान पढ़ता गया।
शिक्षा के क्षेत्र में
आगे-आगे और आगे बढ़ता गया।
उसके गहन अध्ययन का
राष्ट्र ने समुचित पुरस्कार दिया।
अंतरिक्ष केंद्र ने
यात्री के रूप में चयन कर लिया।
जब अंतरिक्ष यान के
उड़ान का अभूतपूर्व क्षण आया।
तो उसके सम्मान में
उसका सारा गाँव ही उमड़ आया।
संपूर्ण वर्ष के बाद
जब रामदयाल अपने गाँव आया।
तो अपने गाँव का अद्‌भुत
दृश्य देखकर बुरी तरह चकराया।
दोस्तों को, परिजनों को
जानना-पहचानना बड़ा टास्क था।
हर चेहरा ढँका था
हर चेहरे पर लटक रहा मास्क था।
केवल बिना मास्क पहने
गाँव की बुढ़िया काकी नज़र आई।
तो उसके शुष्क अधरों पर
सहज सरल मधुर मुस्कान लहराई।
काकी के पैर छूने को
हाथ बढ़ाया तो समस्या बड़ी हो गई।
उसकी चिर परिचित काकी
एक गज की दूरी पर खड़ी हो गई।
उसके गाँव के जो लोग
नाचते-गाते-घूमते स्वच्छंद थे।
वो दरवाज़ों के पीछे
दुबक कर बैठे थे घरों में बंद थे।
उसने संपूर्ण गाँव का
बार-बार अनेक बार चक्कर लगाया।
परंतु उसे कहीं पर भी
कोई बाल गोपाल नज़र नहीं आया।
वह बेचारा कोराना की
करतूतों के छलावे में छला गया।
ग़लत ग्रह पर आ गया है
सोचकर,
वापस अंतरिक्ष में चला गया।

www.ingramcontent.com/pod-product-compliance
Lightning Source LLC
LaVergne TN
LVHW100838051026
849519LV00006B/2338